CHIZURU
1945
千鶴—1945—

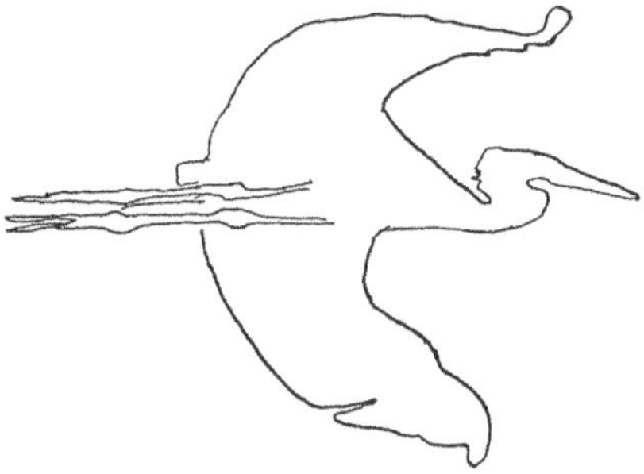

Donald J. Mangus
ドナルド・J・マンガス

First Edition
Japanese Translation from English
By Junko Miura

July 2010

Illustrations by Helen Hanna
(Pages: cover, 23, 35, 121, 138, 142)

And Donald Mangus
(Pages: 4, 40, 115, 146)

暁美、照美、そして全ての子供たちに

CHARLES IVES
Piano Sonata
I. "Emerson"
II. "Hawthorne"
IV. "Thoreau"
III. "The Alcotts"

プロローグ

　　ここで語られるのは、大部分が真実に基づいている。数十年前に起きた爆撃による悲惨な大火災から、この物語は語り始められる。名前は変えてあるが、多くの登場人物は実際に生きた人々である。中でも、チャールズ・エドワード・アイブスとベラ・バルトーク両氏に関しては、可能な限り実在する情報と事実を参照している。
　この物語の中に生きる人々の多くは、実際に我々と肩を並べて共に時代を生きた者たちかもしれない。或いは、著者、そして読者が見る数知れない夢のかけらに過ぎないのかもしれない。彼らは実在したのか、あるいは今後現れるのだろうか。彼らの存在は筆者の手を離れ、読者の判断に委ねられている。

　　エヴァン・アダムスと幼いジェニファーが出会ったのは、一九三八年、冬のセントラル・パークでのことだった。淋しげで消え入りそうなジェニファーとエヴァンの出会い、そしてその後の彼らの物語は、時空を越えた幻想に過ぎないのかもしれない、そんな出来事だった。

「私、知っている歌があるの。」
ジェニファーはふいにエヴァンに向かって呟いた。
「私の歌、きいてみたい？」

　　誰も知らない

私がどこから来るのか
私の行く後を　みなが追ってくる
風は吹きすさび
潮は満ちゆく
誰も知らない　どこから来るのか

ジェニファーがそういって僕に歌って聞かせてくれたのは『ジェニーの肖像（*A Portrait of Jennie*）』の一節だった。その不安定で心をかき乱す調子は、まるで亡霊が口ずさむ喜びの歌のようだ。加えて、この歌からはソローの初期の詩、『沢山のことを知っていると人は言うけれど（*Men Say They Know Many Things*）』を彷彿とさせる。

沢山のことを知っていると
人は言うけれど
けれど　見よ
彼らは羽を失ってしまった
風はどこから吹いてくるのか
それが彼らの知る全てに過ぎない

ロバート・ネイサンは、ソローの詩を意識していたのかも知れない。偶然の一致にしては、二つの歌は共通点がありすぎるが、それが歌の価値を落としめるということではない。詩人が別の詩人の作品に心を打たれ、それに影響を受けることは、何ら不思議な事でもないだろうし、起こってしかるべきことに過ぎないだろう。それはちょうど、遺伝子がＤＮＡに作用して、特殊なよれが親から子へと受け継がれるようなものだ。両親からの遺伝、良いものと悪いもの、その両方が人の介入出来ない時限で組み合わされ、次の世代のそれぞれの個性に託されるように。

　　私の生涯に欠かせない一冊、ポール・ギャリコの『白雁（*The Snow Goose*）』との出会いは、一九五八年だった。ロレッタ・セガーラという看護婦から贈られたこの短編を、私は以来何度も何度も繰り返し読み返している。

『白雁』という傑作との出会いからほぼ三〇年後の一九八七年、私は、もう一つの人生に欠かせない、『ジェニーの肖像』に出会った。『白雁』とほぼ同時期に出版されたこの本は、本物の「暁美」が私に引き合わせてくれた大事な贈り物だった。

　これら二つの作品と私が出会ったのと同時期に私の身に起きた不思議な出来事は、単なる偶然だったのだろうか、それとも作品が引き合わせた必然だったのだろうか。「世界中が火だるまになった」、あの怒涛の第二次世界大戦中に過ごした少年時代の経験、そして二つの作品との運命的な出会い。二つの時期が時空を越え実在の人物や事件と想像とが絡み合い、『千鶴』が私の中で語り始めたのだ。

　　この物語は、時代を越えた三人の人物（二りは作家で一人はしがない一般人）が偶然に（あるは必然なのかもしれないが）抱いた共通の思いが優しい一筋の糸となり紡ぎ出されている。実在した人物、想像が生み出した人物、そのような人々が、説明しがたい不思議な出来事を介して出会い、互いに慈しみ合い、そして心を交えてゆく。事実が必ずしも語られているわけではないが、別々の場所と時で共有された想いがこの物語となっているのであれば、それは一つの真実と言えるだろう。

物語に登場するフリサやフィリップは実在するのだろうか。エヴァンとジェニーは手をつないでセントラル・パークを歩いたのだろうか。貞子や暁美、照美は・・・。

儚くも強い想いを馳せる登場人物たちは実際にこの空の下に立っていたのか。それとも、私の想像の中だけに存在する影の無い幻に過ぎないのだろうか。

『千鶴』を全くの作り話と言ってしまうと、物語の基となる想いが失われてしまいそうでならない。真実か想像の賜物に過ぎないのかは言明を避けるが、彼らの影は間違いなく実際に照らし出されるものである、と言うに留めておきたい。

年を重ねた者は、その歳つきに比例した知恵を有するのかもしれないが、想像の扉を開けるのはいつの時も若者だろう。幼くして生を終えた子供たちの死とは？それは単なる死、消失ではない。不毛の地に新たな生命を吹き込み、悲しみに暮れる人々に喜びを、忘れ去られた人々に愛を与えるために遣わされる、暖かくて大きな力。子供とはそういった温かな想いの使者なのかもしれない。

CHIZURU©

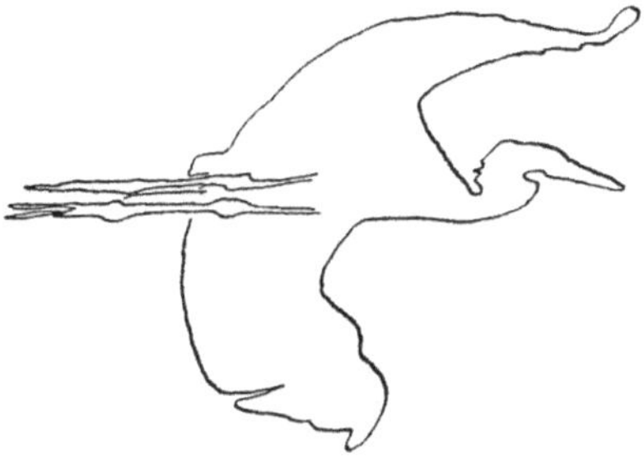

1945

dimin.

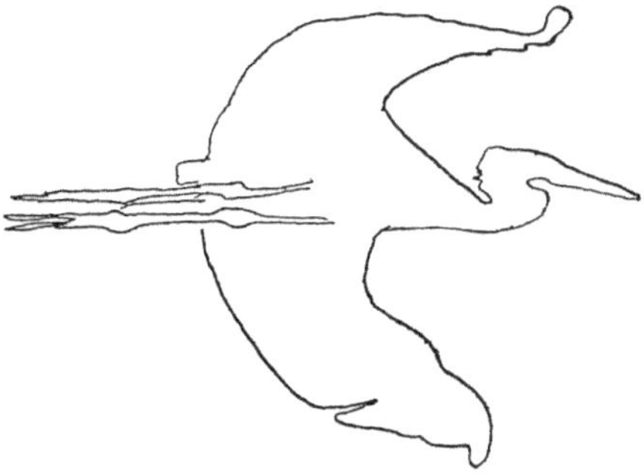

第一章

その夏、とてつもない爆撃で数えきれない子供たちが死んでいった。本当ならば生き続けて歳を重ねるはずだったかれらの生は、突然何の前触れもなく、無抵抗のまま断ち切られた。

かれらの死は、悲しい運命であったのかもしれないが、だからこそそれらの死を無駄にしてはならない。続くはずであった人生の目的や意味を求めて、かれらの魂は彷徨い続けているのだ。時代や場所を越えて、彼らを必要としている誰かの元へ向かい、叶わなかった残りの人生を取り戻すかのように。こうしてさまようかれらの想いが、時として誰かの運命と巡り合い、互いの心を再生し合うのだ。そうして初めて、子供たちは影の存在から、新しい生に向けて、それぞれの新しい運命へと再び進み出す。

辺りには、深く澄み切った冷気が充満していた。

一九四四年シカゴでのある夜、大学の一角に位置する芸術センターの暖かいホールを出た僕の顔に、一月の刺すような風を伴った冷気が直撃した。僕は思わず肩をすくめ、マフラーを首元にしっかりと巻きなおした。

コンサートホールを後にする人々の囁く声が蜃気楼のように漂っている。

「今日の演奏は良かったな。」

人々のささやきが反響板を伝い、凍りつくような空気の中にこだましていた。僕は、そんなささやきをしり目に、降り積もった綿雪を踏みしめ会場を後にした。子供の頃、こんな雪を踏む時のサクサクとした音に心を弾ませたものだ。そんな気持ちを思い出しながら、角を曲がった。

その日の演奏は、僕にとっては称賛するに値せず、文句しか思いつかなかった。

「お利口さんの行儀の良い演奏ばかりじゃないか。エマーソンのように、心で感じたことを重視する自由さが感じられない。お高くとまっていて、そのうえつまらない、それだけだ。だいたい、学生は工場の炉だの田舎のお祭りだの、もっと身近なものに目を向け、そこから感情の浮き沈みを感じ取らなくては。音楽で表現すべきは、そういった実際に肌で感じる感覚や感触だろうに。田園風景と都会の喧騒や騒音、その違いを音で聞き分けられるようになるほうが、上品な中世食卓音楽の調べを行儀よくまとめるよりもよっぽど大切だ。」

そんなこと一人呟きながら、僕はホールの裏口から出てくる人々とすれ違った。演奏していた音楽家たちもちらほら混じっているようだ。かれらは黒いスーツやドレスをまとった体をコートで包み、大きなコントラバスやら、ホルンやらをステージから運び出し、狭い通路を往来するのに四苦八苦しているようだ。

実のところ、僕はそういうかれらのしぐさのすべてが羨ましくてならなかった。小さい頃に否応なく自覚したことが一つある。それは、どんな楽器も上手く演奏できる才能が僕には備わっていないということだ。運命のいたずらか、生まれつきねじ曲がり、器用に動かすことも力を込めることもできない左手のおかげで。僕はその運命に抵抗することもできなかった。

小さい頃は、そのひしゃげた指たちのもたつきにイライラさせられる程度だった。しかし物心つくころには、左手の問題は僕にとって自分の存在を否定したくなるほどのコンプレックスの原因になっていた。長い時間をかけてこの左手が僕にもたらした事といえば、それを上手に人の目から隠すことだけだろう。袖やマフラーで隠したり、荷物をわざと左側で抱えたりして、僕は常にその欠点を隠すことを意識していた。人生も半ばを過ぎた最近になってようやく、そんな左手のことをあまり気にしないでいられるくらいに、僕はその左手を受け入れられるようになっていた。

実際、僕が演奏家になる夢をあきらめた原因を、ねじ曲がった左手だけに押しつけるのは無理がある。結局のところ、僕には優れた演奏家に値する才能が見当たらなかったというのが本当のところだろう。人並みに動く右手にしても、どんなに練習しようが左手と変わらない上達ぶりだったのだから、生まれつきの障害に責任を押し付けるわけにもいかないのだ。逆に、手の不自由さがあったからこそ、早い段階で演奏家の夢を諦め、作曲家という目標へ気持ちを切り替えることが出来たのかも知れない。言ってみれば、ひしゃげた左手は僕の決断を後押ししてくれた天からの思し召しだったのだ。良い曲を創るには、その曲を産み出す想像力と、それを書きとめるペンさえあれば十分だった。

　楽器の演奏がてんでだめだったということを除けば、これまでの僕の人生は悪いものでもなかった。イリノイ大学音楽科で教授のポストをどうにか手に入れ、僕はどちらかといえば恵まれた生活を送っている。給料も十分だし、自分の時間を楽しむ余裕さえある生活。夏には旅行もできるし、作曲しようという気になれば、一時休暇も許されている。

　仕事以外はどうかというと、僕の人生は全く孤独を絵に描いたような具合だった。僕は精神的にひ弱で気難しい所があるようだ。そんな僕に対して誰もが結婚には向いていないと口をそろえて言う。僕自身も同意見だ。生まれつき自己嫌悪が強く、おまけにはにかみ屋なところが一層交友関係をせばめていた。自分から愛を告白するなんて、僕にとっては到底不可能に近い。とにかく僕はそういうわけで、ノースサイドにある小さくまとまった居心地の良い部屋に一人で暮らしていた。

　音楽の好みも変わっているし、金儲けの類にも一切興味がない。だから知り合いはごく限られた仲間内に限られている。学生や教授仲間にしても、大学内では問題なく付き合ってはいるが、心を開いて長く続く関係を築く機会にはこれまで恵まれてこなかった。或いは、僕がそれを望んでこなかったからかもしれない。

　　特別に冷え込むシカゴのこんな夜も、僕はいつものように一人で出かけ、学生とプロの混成オーケストラの演奏に耳を傾けるのだった。音楽を通じて旧知の友人であるブラームスやラフマニノフに再会し、バッハやスカルラッティといった時代を越えた馴染みの顔ぶれとの時間を心ゆくまで楽しんだ。そんな風に僕は僕なりの夜を楽しんでいたつもりだった。

　　家路につく観客たち、演奏を終えた音楽家たちに混じって、小さな女の子が真っ黒なロングコートを引きずるように歩く姿を見かけたのは、そんな時だった。目の前を歩く彼女にぶつかるまいとして、僕はあやうくつまづきかけた。

「ごめんなさい。」

うつむき加減に僕のほうを振り向いた彼女は、小さなアジア人の女の子のようだった。

　　少女はちらっと僕の顔を見上げた。眼深にかぶったフードの奥の茶色の瞳が、コンサートホールから漏れてくる遠い灯りに照らされておどおどと光っていた。

　　不意に、彼女のまだ幼く愛らしい丸い顔に自分が釘付けになっていることに僕は気付いた。それは、まるでずっと前から僕の心の中に宿っていたような、不思議と見覚えのある顔だった。旅行会社のポスターか、雑誌の一面で見かけでもした顔なのだろうか。遠い記憶の中に潜んでいたおぼろげなイメージが、突然生きた暖かみとともに、僕の前に現れたかのようだ。目の前の少女の姿から目を離せなくなっている自分に、僕は戸惑いを感じた。

「いや、大丈夫だよ。そっちは？」

僕はもごもごとつぶやき、ぎこちない返事をした。辺りでは、人々の群れが黙々とキャンパスの小道を行進するように過ぎ去ってゆく。かれらがブーツで踏みしめる雪の圧縮される音と、それに合わせて蒸気のように吐きだす息が辺りに響いていた。すぐ前を歩いていたのだろうが、その時初めて少女がヴァイオリンのケースを小脇に抱えているのが目に入った。

そこで突然道が二手に分かれていた。左は駐車場へ、右は学生寮へと続いている。少女は右手の寮の方へ、僕は反対に駐車場へと向かう小道に入って行った。

「あのう・・・すみません・・・。」

背後から誰かに呼び止められる声で僕は後ろを振り向いた。声の主は、ヴァイオリンを抱えたあの少女らしい。

「どうしたの？」

「あのう、よければ、一緒に寮まで歩いて貰えないかと思って。暗くてちょっぴり怖いの。」

「もちろん、喜んで。」

僕は引き返して少女の所へ行くと、ホッとして無邪気に微笑む小さい顔を思わず見つめてしまった。

「よかった。心細かったの。」

　少女の横を歩き始めると、周りの人びとのさざめきが急に僕らの周りから遠ざかり、静かで人影のないキャンパスに僕ら二人だけになっていた。
「今夜、あなたを見かけたとき私とってもうれしかったの。」
「僕を見かけて？」
僕には少女の言う意味が良く分らなかった。
「ええそうよ。今夜、おじさんも来ているといいなって思って、私ずっと探していたの。」
少女は、僕の方を向かずにそう言った。
「僕たち、前にも会ったことがあるっけ？」
「いいえ。でも私、おじさんのことずっと前から知っているの。ダンベリー先生よね、作曲家の。私、ずっとあなたに会いたかったの。」
「僕に会いたかった？どうして？」
少女の話についていけずに、僕は聞き返した。
「おじさんは素敵な曲を作る人ですもの、ヴァイオリンの曲だって作れるわよね？」
少女は探るような表情で僕を見上げていた。
「もちろん、今までにもいくつか作曲しているよ。でもどうして？」
「あのね・・・私、私ね、いつかおじさんが私に曲を書いてくれたらなぁって・・・。」
少女は、期待と不安の入り混じった目つきで僕を見つめ、それからすっと視線を反らした。
それはまるでとても大事な、けれど言い出しにくい秘密を打ち明けているような仕草だった。
「これは驚いた。こんな小さな女の子に作曲の依頼を頂くとは！」
僕はこみ上げる笑いを噛み殺し、それに気付かれまいと背筋を伸ばし直した。傍らを歩き続けながら、僕は小さな演奏家を見降ろし続けていた。
「君は・・・、君に僕の曲が演奏できるかな？君には少々難しいかも知れないよ。僕の曲はどちらかというと超現代的なものだったりするから・・・。君には偏屈すぎて退屈かもしれないよ。」
「あら大丈夫よ。私、先生の曲今までにも何度か演奏したことがあるもの。」
少女の返答に僕は驚いた。
「そうなの？」
そう僕が聞き返すより先に、少女は抱えていたヴァイオリンケースを僕に押しつけ、駆け出し始めた。
「見て！ねえ、見てよ！雪だるまよ！」
そう僕に向かって叫ぶと、少女は雪だるまに駆け寄り、その傍らでパ・ドドゥをきめる仕草をしている。歌ったり、雪だるまの箒でできた手をとり、くるくるとターンを決めたりしながら、少女は楽しそうに飛んだり跳ねたりしている。
　　何て生き生きとあどけない仕草だろう。少女は降り続ける雪も僕のことすらもお構いなし、一心不乱に踊っていた。僕はそんな少女のそばに近寄り、じっとその様子を見守っていた。
「君のおうちはどこ？ご両親が心配しているんじゃないかな？」
こんな幼い女の子が、誰にも手をひかれずに一人で夜道を歩いていることにハッと気づき、僕は少女に声をかけた。
「私の家？公園を抜けてすぐの所よ。」
そう言うと、少女はどんどん小道をスキップしながら進んで行った。
「おうい、ちょっと待ってよ。あんまり先に行かないで。」
雪の降り方も次第に激しくなり、僕は少し不安になり始めていた。小走りで少女に駆け寄り、手袋をした小さな手を掴んだ。
「離れないで、危ないから。一緒に行こうね、お嬢さん。」
少女の手を引いきながら僕は言った。
「ところで、君の名前は？」
「貞子。」
打たれたボールが跳ね返ってくるような響きで、少女は答えた。
「やっと聞いてくれたのね、私の名前。貞子よ。今日はおじさんと一緒で、私本当に嬉しいの。」
「僕も君と帰れて楽しいよ。でも、早く君を送り届けないと。」
「急ぐことはないわ。」
貞子はきっぱりと言った。
「まだ平気。それより私の曲いつ出来上がる？」
貞子はもう一度僕を見上げた。
こうやっていとも簡単に話しをそらしてしまうところなんかは、全くあどけない子供だった。
「君の曲？本気で言っていたんだね。そうだな、ソナタなんてどうかな？」
僕は、真剣に曲を依頼する貞子の仕草に、思わず嬉しくなって答えた。
「ええ！ソナタがいいわ！いつ出来る？」

「どうしてそんなにせかすんだい？」
そう僕が尋ねると、貞子は答えに詰まっているようだった。どうしたのかと顔をのぞきこんで僕は思わずハッと息を呑んだ。貞子の顔は街灯の青白い光を反射して、さっきまでとは全く違う顔つきになっていた。

それはまるで、大きくて不気味な影に頭からすっぽり覆われて青ざめる小さな少女がそこに佇んでいた。
「だって・・・。」
貞子は口ごもりながら次の言葉を探していた。
「だって、夏が、夏がきてしまうわ。だから私、時間がないの。」
貞子は僕のことを怯えた表情で見つめ、一度夜空を仰ぐような仕草をしてから、何かに呼ばれたかのよう僕の背後に視線を移した。僕の背後の暗闇に貞子は何かを見ているようだった。恐怖で一杯になった貞子の瞳の先にある何かは、僕には見ることができなかった。

「どうしたの？貞子？何が見えるの？何が怖いの？」
僕は心配になり、彼女の両手をしっかり握り直した。僕の握り方が少し唐突だったためか、手袋がするりと彼女の手を抜け雪の上にポトリと落ちた。僕がそれを拾おうとかがんだ時だった。目の高さにちょうど位置する彼女の小さな手の甲に、僕は大きな紫色の火傷の痕を見つけてしまった。貞子はあわてて僕から手袋を取り戻して、傷跡を覆うかのように手にはめ直し、その手をさらにコートのポケットの中に仕舞い込んでしまった。あまりに素早い彼女の行動は、まるで不気味で冷たい氷の手が、夜の暗闇を伸びてきたかのようだった。
「何でもないの。」
そう言う貞子の瞳はうつろで、その中に僕の姿は写り込んでいなかった。しばらくして、貞子は我に返ったように元気な声で僕に向き直り繰り返した。
「本当になんでもないのよ、先生。とにかく、夏までに練習を終えなくっちゃ。」
そう言う貞子の声は、まだどこか不自然なままだった。
「どうして夏までなんだい？」
貞子の不自然な様子をいぶかしく思いながらも、それに気付かれない様に僕は一息ついてからさりげなく尋ねてみた。
「私たち、ううん、私、夏には帰らなくちゃいけないから。そう、ただそれだけのことなの。」

「帰るって？」
彼女の言う意味が分らない僕は、もう一度聞き返した。
「帰るって、・・・家へよ。それよりこの詩、知ってる？」
答えをはぐらかされた僕は、それ以上問い詰めることを止めた。
「詩って？どんな詩なんだい？」
貞子の話に合わせながらも、僕は相変わらず彼女が何を考えているのかさっぱり分らなかった。同時に、それでも僕は貞子の雰囲気に呑みこまれ始めていた。

それは、荒れ狂う波間を抜けて
たどり着いた
どうやってたどり着けたのか
船は　燃えさかる岸辺を離れ
それからずっと漂い続けるしかない
あの海へは戻れない
あなたに会うまでは

小さな女の子がこんな詩を知っているなんて、不相応で変わった好みには違いなかった。こんなに陰気で暗いムードの詩を子供が不意に口ずさむのを今までに聞いたことがあっただろうか。
歌の余韻に浸っている僕に、貞子が言った。
「ねえ、忘れないで憶えていて。急いでね・・・。夏が来る前に沢山練習しなくちゃならないのに、私にはあまり時間がないの。」
雪の中を進む足をやや速めながら、貞子は僕に何度もそう言った。気付けば、雪は一層激しさを増していた。
「練習って、君は一体今どんな曲を練習しているんだい？」
そう訊く僕の声が雪にかき消されて聞こえなかったかのように、貞子は僕の傍らをすり抜けて走り始めた。
「バルトークよ。」
僕から少し離れた所まで走ってから、貞子僕に振り向きそう叫び返した。
「バルトークの何て曲だい？」
そう訊く僕の声が届かないくらいに、貞子はますます足を速めて小道をどんどん進んでゆく。
「無伴奏ヴァイオリン・ソナタ。それじゃ、おやすみなさい。」
降りしきる雪に阻まれた貞子の最後の言葉はくぐもり、よく聞き取れなかった。その声と同様に、彼女の姿も夜の雪の中に吸い込まれ見えなくなっていた。僕はしばらく彼女の後を追いかけたが、完全に彼女を見失ってしまったことにすぐ気付いた。そこで突然小道が途切れ、僕は街灯のともったいつもの通りに出ていた。通りの両側には、こじんまりとして居心地の良さそうな民家が程よい間隔をあけて並んでいる。きっと貞子の家は、この中のどれかなのだろう。そう自分に言い聞かせて、僕は踵を返してもと来た道を戻り始めるしかなかった

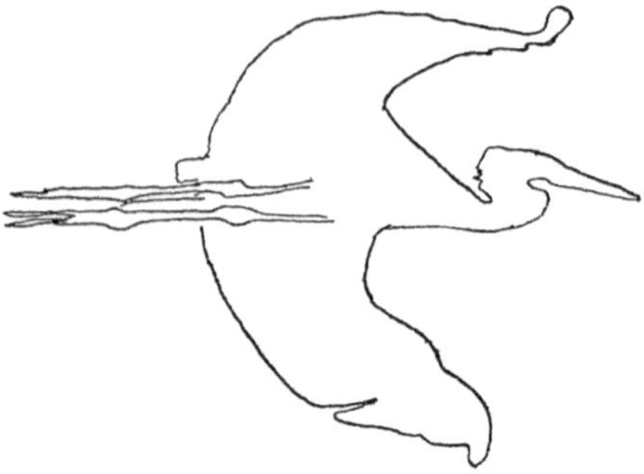

第二章

　その晩は冷え込んだため、いつもは少し暑苦しく感じるヒーターからの熱風がありがたかった。どうやってこの暖かい部屋に帰り着いたのか、僕は何も覚えていなかった。僕の心は、さっき出会った貞子のことで一杯だったからだ。どうして僕は彼女と出会ったのか？普段は特段気にしないそんな事に、今夜だけはどうしても理由を求めていた。どんな時に、どうして人は誰かと出会うのか。物事は、起こるべくして起こると言う人もいるけれど、今までの僕はそういった運命論には少し抵抗を感じていた。確かに、何か大きな力が働いたのかと思ってしまう偶然も、たまに無いことは無いけれど。けれど、全てを運命論で片付けてしまうには、悲しみや不幸が多すぎて納得がいかない。たとえば、人里離れた場所で車とトラックが出合い頭に衝突したとする。そんな誰にも予期出来ない事故、幸福から不幸への急カーブに出くわした時、それを事前に決まっていた運命だから仕方ないと簡単に受け入れることができるだろうか。幸福なら話は別だが、何か不幸に出くわした時、それを必然的な運命と受け止めるしかないのだろうか。神やら天の思し召しやら知らないが、一体誰が不幸に向かう運命論を操っているのだろうか。運命論なんて、誰が立証できるというのだろうか。そんな事を考えながらも、僕はとうにこんな思案に答えなんか見いだせないことに気付いてもいた。それらは全て、満足のいく答えなんて見つけようがない問題だった。

　　不幸な出来事と運命論との関係なんて事柄に頭を抱えている理由は、貞子と初めて出会った瞬間から、不思議な感覚が僕の周りに漂っているからだ。僕は理由もなく、けれどひどくはっきりと、貞子との出会いの先に暗く悲観的な何かが待ち構えているような気がしてならないのだ。そして、この出会いがこれまでの僕の人生を根底から揺さぶるくらい重要なものになるに違いないと思えてならなかった。

　　いろんなものを切り捨て、そのたびに自分で自分を試し、そうやってできるだけ良いモノを求めようとする。人が人生で何かを経験し習得する時、その過程は大方こんなプロセスだろう。時にそれが苦痛を伴おうが、何とか耐える努力をしてやり遂げようという強い意志に駆り立てられる事もある。期待で胸が一杯の時でも、不安は常にそのかたわらに控えている。恐れにしり込みしながらもさらに上を目指す。そして、頂上にたどり着いた時どんな景色が待ち受けているのだろう。そこには、麓へと引き返す帰路があるだけだ。人は、ずっと頂上に居続けることなんてできない。同じように喜びや愛も、時と共に陰り色あせるはずだ。勝利の後には達成感なんかよりも虚脱感、かけがいのない出会いの後には、いつか訪れる別れの悲しさを予感する。僕は、そんな風にしか物事を考えられない人間なのだ。僕の場合きっと、頂上にたどり着いてしばらくすると感動が薄らぎ、それまで自分を支えていた緊張感も緩み、次第に無気力になりとぼとぼと帰路に就くだけだろう。

　絶頂直後の反動からくる虚脱感は、感動よりも深く広く浸透してゆく。それは、全く救いようのない苦しみでしかないのかもしれない。反動を乗り越えて再び情熱を感じ何かを求め始める場合、はたまた、そのまま苦しみに押しつぶされる場合、僕にとって人生の経験はそんな二極に振り分けられる事柄の積み重ねだった。そしてどちらを選ぶか以前に、僕は何一つ、誰一人、特別な出会いを実感することなくいつも一人ぼっちで生きてきた。

　人との出会いに悲観的で、それだから無関心を貫いていた僕にとって、貞子との出会いは特別だった。それは今までの僕の考え方を、何の前触れなく突然かき乱した。長いこと身に纏い皮膚のように僕と一体化していた無関心というベールがはぎ取られ、これまで隠してきていたその内側が、乱暴に露出させられた気分だった。そして、その内側に小さくて見慣れない女の子が突然ずかずかと侵入してきたのだ。

　ボウルにミルクを注ぎながらも僕は相変わらず貞子の事を考え続けていた。貞子は確かに面白い子だった。自分のためにソナタを書いてくれだなんて、生意気じゃないか。ヴァイオリンの腕前はどうなのだろう。バルトークを練習中というくらいだから、きっと歳のわりに上手なのだろう。小さな名演奏家。けれど、何かが心に引っかかったままだ。そうだ、彼女はバルトークの曲名を何て答えたんだったろうか。僕は彼女との会話を思い返してみた。たしか無伴奏ヴァイオリン・ソナタ、貞子はそう言った気がする。無伴奏ソナタ？そんなはずはない。僕の知る限り、バルトークの作品にそんなタイトルの曲は存在しないはずだった。

貞子と出会った頃、バルトークの無伴奏ヴァイオリン・ソナタの存在を僕が知り得るはずがなかったのは、数年後に明らかとなる。バルトークの死後数年の後、彼が晩年依頼されて無伴奏ソナタの作曲に取り掛かっていたという事実を、世間は知ることとなるのだ。一九四五年九月二十六日、白血病で生涯を終えるその時まで、彼はその作曲に取り組み続けていた。一九四五のその時まで、その曲は産みだされることを待ち続けていた。バルトークの死でそれが叶わなくなるまで。一九四五年まで。一九四五年・・・。

僕の部屋はアパートの三階にあり、窓を開けると非常階段につながっていた。その窓を開け、外に張り出した窓枠にミルクを置くのが最近の僕の日課だ。大きな灰色猫が耳をたれ、フーッとうなって僕を威嚇しながらも必ず姿を現すからだ。僕はその猫をトムと呼んでいた。トムは必ず背後に雌猫と子猫を連れて現れた。耳をたれ、高い声で喉をならすオレンジ色のぶち猫はきっとトムのパートナーだろう。そして、みすぼらしい子猫は、すばしっこく階段や棚の上を跳ねまわっている。僕が手を伸ばしてなでようとすると、雌猫がフーっと歯をむいて唸り、暗がりに姿を消してしまった。いつもの事だけれど今夜は特別にがっかりして、窓辺から暖かい部屋に顔を向け直した。窓を閉めようとした時、白と黒の柔らかいかたまりが、僕の顔をかすめてサッと窓から入り込んだと思うとキッチンの床にしなやかに降り立ち、座り込んでこちらを見ていた。華奢な白い足と漆黒の背中、白く美しい毛並みの細い首の上に、おかしな黒い顔が乗っている。それは新顔の子猫だった。トム一家とは違い、こいつは僕の部屋に我がもの顔で侵入し、そして僕の方をまるで向こうが家主であるかのように見つめている。

僕はゆっくり身をかがめ、その猫を抱き上げようとした。嫌がるだろうかと少し緊張気味に近寄る僕に対して、そいつは何の抵抗もなく僕の手にもたれかかり、持ち上げられるとクニャクニャにリラックスしていた。僕はねじ曲がった左腕にそいつを乗せて、じっくりその姿を観察することにした。

「何て柔らかいのだろう。どうしてこんなに人なつっこいんだ？君はだれ？どこから来たの？誰かが僕に送ってよこした贈り物かい？でも何のために？誰かからのメッセージを託された使者だったりしてね。それにしても濡れて寒そうだ、お腹空いているのかい？」

返事を期待できない猫に向かって話しかけながら、僕は冷蔵庫に向かった。残り物を取り出して差し出してみると、そいつはがつがつとたいらげた。満腹になった次にはすっかりおとなしくなり、僕の腕の中で優しく喉を鳴らし始めた。こうして僕とそいつは出会ってすぐに同居人になった。

　　初めて一緒に過ごしたその夜、そいつは心地よさそうに頭を僕の足に載せて目を閉じ、うずくまっていた。僕はそんな同居人を起こさないように、ラジオコンサートを聴きながら本を読んでいた。ねじれた左腕をそいつの小さな頭の上に添えていると、僕もそいつにつられてうとうとしてしまうのだった。

　　夢の中で、僕は見たこともない風景を眺めていた。前方には草原と、その先には干潮で水際が遠のいた入江が見える。背後には、雪が降りしきる街の明かりがあり、空っぽのスタジアムから聖歌隊の歌声が聞こえてくる。僕は街を背に草原と入江を向いて立ち尽くしていた。たまらなく心細かった。

　　浅い夢から目覚めると、窓ガラスがカタカタと風に吹かれる音が聞こえた。外ではきっと身を切るような雪と風が吹き荒れているのだろう。僕は再びうとうとし始めながら、自分で自分に言い聞かせていた。

「安全だの暖かさだの、友情や人生だの、そんなものはほんの束の間の出来事。時の流れと自然の威力から逃れるための一時の安息に過ぎないのさ。最後には必ず全て消えてしまうのだから。」

僕は今度は深い眠りに落ちていった。

外界のすべてから閉ざされ
満ち足りた気分に酔いしれる
猛々しい北風に
窓やドアは打ちつけられ
なすがままにさらされている

ホイッティア『閉ざされて（Snow Bound）』

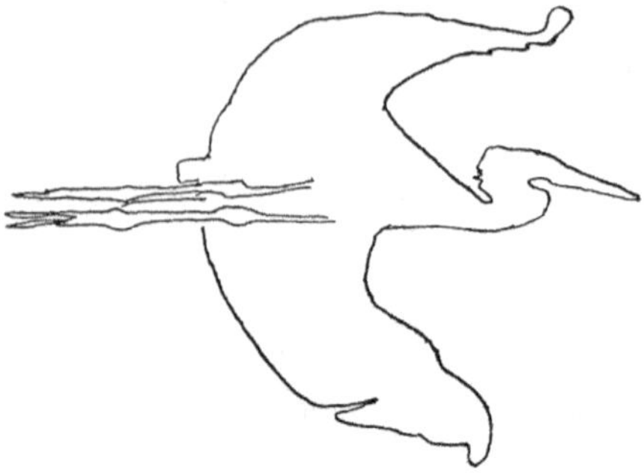

第三章

　翌日目が覚めると、窓の外には昨晩の荒れ模様が嘘のようにスカっと晴れた青空が広がっていた。両手をコートのポケットに突っ込んで研究室へと向かう道すがら、僕は気分良くキャンパスの人ごみを観察しながら歩いていた。若い学生たちが、次々と教室のある建物に吸い込まれてゆく。着ぶくれた若い兵士たちが、新しい一日の戦いに向かうようだ。学生たちの行列は僕を少しふざけた気持ちにさせる。兵士のイメージにそぐわないのは、かれらの笑い声や甲高いしゃべり声の騒々しさだろう。若い声が、霜の降りた芝生に反響し、それぞれの希望やら期待やらを含んだまま辺りに鳴り返している。きっと昨晩の出来事や今夜の予定を相談するのに忙しいのだろう。若者には、憂鬱の侵入する隙など無いに違いない。

　僕は、自分がまるで彼らの同類になったかのような気分でいることに気付き、そんな自分に少し驚いた。昨日はいつもと変わりない味気ない一日だったのに、今日はどうだろう。身は軽く心は何故か浮き足立っている。まるで周囲の学生たちと一緒じゃないか。どうして今日はこんなに気分が良いのだろう。自分の突然の変化に戸惑いながら、僕は職場のある芸術センターに向かって歩き続けた。

芸術センターの正面ホールをくぐると、辺りは色々な楽器の音で充満した空間に様変わる。練習室から漏れてくる様々な楽器の音色が、不協和音の塊になって押し寄せてくる。いつもはただのごちゃごちゃした雑音に聞こえるそんな音が、今朝は妙に胸に響いてきた。

芸術センターが建設された当時、すでに防音設備の技術は今とほとんど変わらないくらいに発達していたはずだ。しかし、音楽棟は防音設備をあえて設置しないままでいた。金管楽器や弦楽器、ピアノに打楽器、そして人の声、想像し得る限りのありとあらゆる楽器たちが奏でる様々な旋律が、フーガのように重なり合っている。それはまるで無定形のシンフォニーが絶えず産みだされているかのようだ。不協和音が今日はそんな風に僕に聞こえてきた。

きっと、音楽の革命児アイブスは、こういう音に耳を傾け、理解し、沢山の名曲にそれらを取り入れたのだろう。これら雑多な不協和音を、想像力で統合し音楽へと昇華させたアイブスは僕にとって紛れもなく勇敢な先駆者だ。地下鉄の駅の人々のざわめき、電車が進入してくる轟音と突風、それらが重なる嵐のような雰囲気。一見何の脈絡もなさそうな個々の音が密接に結びつくと、一つの音楽が生まれる。アイブスはそれを分っていたのだろう。他の人にとっては混とんとした雑音の重層も、アイブスにかかると自然が生み出す豊な音楽に昇華されるのだ。彼の音楽を正統からはみ出した異端だと、——あまりに難解で複雑な音楽を騒々しいとしか理解できないのだろう——ケチをつける人がいたとしたら、アイブスはそれにきっとこう答えるに違いない。
「なんてこった。それなら音楽的な音とは一体何だっていうのだ！」
たとえ僕がほんの束の間、彼の才能を拝借することができたところで、小曲ですら彼のようには造り出せないだろう。

　　小曲・・・練習曲かソナタ・・・ソナタ！そうだ、昨晩交わした貞子との約束をふと思い出した。その時、僕の周りの冷たく乾いた空気を、どこからか聞こえてくるヴァイオリンの音色がゆさぶった。不協和音の中から、澄み切って良質のその音色だけが浮き立っていたので、僕は自然と足を止め、耳を傾けずにはいられなかった。

　　古くてくたびれた感のある石造りの音楽棟の五階か六階からだろうか。僕は見上げてその音が聞こえてくる窓を探した。表情豊かなヴァイオリンの音色は、どうやら六階の窓から聞こえてくるようだ。その音色はまるで、悲しみを帯びた荘厳な祈りのようだった。何という曲なのだろう。僕は初めて聞いたその調べに、妙な懐かしさを感じていた。昔から聴き親しんでいるかのように、次のフレーズが心に浮かんでくるのだ。悲しいその調べにしばらく僕は浸っていた。他のあらゆる音が消え去り、僕はそのヴァイオリンの音色だけに包まれているようだった。その時僕は、ハッと直感した。この音色を奏でているのはきっと貞子に違いない。聞こえるのは音だけのはずなのに、それは疑いようもない直感だった。

　　六階の開け放たれた窓の奥には、ちょうど光の陰りで漆黒の闇しか見えなかった。しばらくすると音楽が止み、窓辺に幼い丸顔が姿を現した。不思議な事に、ほんの数メートル先のその窓辺はとてつもなく遠く感じられ、そこに現れた顔はひどくかすんで見える。そのあたりだけに霧がかかっているかのように不鮮明なのだ。或いは、それはすべて幻想で蜃気楼に過ぎないかのように、顕れた顔はおぼろげだった。多分ラジエーターがオーバーヒートして雪を溶かし、水蒸気が噴出しているのだろう。

　　窓辺の顔こっちを見たような気がして、僕は思い切り手を振った。きっと貞子に違い無い。僕にはそうとしか思えなかった。僕に気付いた貞子は、ためらいながらすこしだけ手をあげ、すぐに背を向けて暗闇の中に消えてしまった。
彼女は僕に気付いたのだろうか。それとも、あれは本当に貞子だったのだろうか。

　　ヴァイオリンの音はそれっきり聞こえてこなくなった。僕は窓を見上げながらしばらく佇んでいたが、また歩き始めた。何故だろう。言いようもない悲しみが突然込み上げてきた。思わず振り返り、僕はもう一度六階の暗い窓辺に視線を向けたが、そこには何も見えなかった。僕は何となく、しかし強く悟った。僕が貞子を探しても、彼女を見つけだすことは出来ないのだろうと。

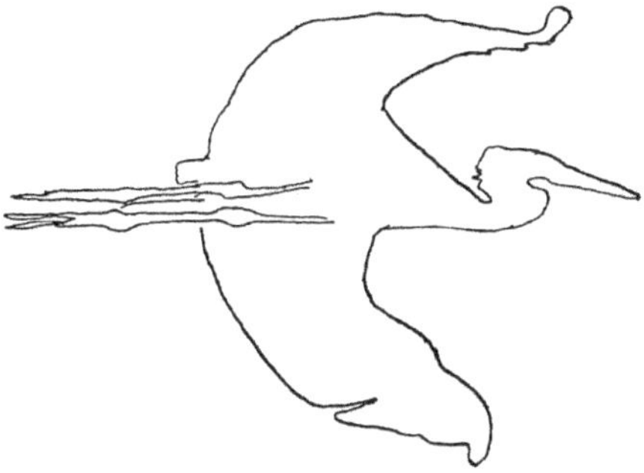

第四章

僕が再び貞子に会ったのは、キャンパスでヴァイオリンの音色を聴いてから数週間後のことだった。実のところ、僕はあれからずっと音楽棟で貞子と彼女のヴァイオリンの音色を探し続けていた。音楽科には、抜きん出た才能を持つ年少者を対象とした特別クラスが設置されている。貞子はきっとそのクラスの学生に違いないと僕は考えていた。けれど、ちょうど学期末の休みの時期だったので、貞子を探そうにも音楽棟に人はまばらだった。若い子たちとすれ違った時には必ず貞子の事を尋ねてみた。けれども、かれらは決まって貞子や貞子らしい学生のことなど知らない、自分たちは新入生だから他の学生のことはまだよくわからない、そんな返事を返してよこすだけだった。

貞子は本当にこの大学の学生なのだろうか。それとも、一時的な聴講生か何かなのだろうか。僕は貞子について全く何の情報も得られずにいた。そもそも、僕と彼女はコンサートの後に偶然出会い、ほんの少し話しただけなのだ。それ以外、僕は貞子のことを全く知らない。彼女は夏が来るとどうとかと言っていたけれど、あれは一体どういう意味だったのだろう。時間がないとも言っていたような気がする。

　貞子と過ごしたほんの数分の事を何度も思い返してあれこれ考えていると、芝生の向こうから僕の名前を呼ぶ声が聞こえたような気がした。長くあわただしい一日の仕事を終え、僕はちょうど駐車場に向かう所だった。声の主は、僕の授業に出席している学生のようだ。最近、学生たちが今までよりも熱心に僕の講義に耳を傾け始めているように感じる。声の主の学生も、その日の授業で取り上げた作曲者についてもっと知りたいと僕に質問しに来たようだ。この学生は、その作曲者の人生に単に興味を持ったのだろうか。それとも、僕の講義がそこまで学生を引き付けたのだろうか。どうやら、最近の僕の授業は生き生きとしているらしいのだ。自分の考えや研究、作曲の事、これまで自分の内に留めていた意見を学生に語ることが、楽しくなってきたのは事実だった。

　貞子と約束した例のヴァイオリン・ソナタは、次第に形になりつつあった。どういうわけだか、これまでの作曲とは違いこの曲だけは自分でも驚くほどに作業が順調に進んでいた。一つ一つの音符が集まってフレーズとなり、中心テーマが浮き彫りになってゆく。あふれだしてくるフレーズが辺りに充満し、作品の至るところに見え隠れしている。時にはあいまいで捉え難く、そして時にはそれは奔放に際立ってくる。自ら生み出した音楽に、まるで僕は操られているかのようだった。
　　再び誰かが僕の名前を呼んでいる。我に返って声の方向をみやると、誰かが僕に向かって手を振っていた。僕は思わずその姿に微笑みかけ、無意識に声の主の方へ小走りを始めていた。
「貞子じゃないか！随分久しぶりだ。君を探していたんだ！」
「しばらく留守にしていたのよ。」
咳を切ったように話す僕をみて彼女は笑いをこらえているようだった。
「ご機嫌はいかが？教授。」
そう言う貞子の顔は輝いている。ヒラヒラと降る綿雪は彼女の黒髪に触れると、すぐに溶けて消えていった。制服の短いスカートに白いハイソックス姿の彼女は、先月一緒に歩いた小さい女の子のものではなかった。どこかが違っているのは確かだが、その違いは僕にとって何も不自然には感じられなかった。あの夜は暗くて、僕は貞子の歳を見誤ったのかもしれない。
「すごく元気だよ。」
僕は彼女に再会できたことに自分でも驚くほど喜んでおり、その喜びを隠そうとも思わなかった。
「ソナタ、私のソナタの作曲、調子はいかが？」
貞子は目をキラキラさせ、若い女学生らしく弾んだ声で僕に尋ねてくる。この前よりぐっと成長して落ち着いた雰囲気だったが、僕にとってはどちらも貞子に違いはなかった。
「君のソナタ！約束、覚えていたんだね。」
僕は相変わらず満面の笑みを浮かべていたに違い

ない。
「もちろんよ。」
「うん、頑張っている。随分進んでいるんだ。いい曲が出来そうだよ。」
「それで、完成はいつ頃になりそうですか？」
僕の良い返事に貞子は少し興奮気味で、期待一杯のようだ。
「どうだろう、手直しもあるし。それに一箇所だけうまくつながらない部分があるんでね。」
「アダージョの部分のことですね！」
僕の考えがお見通しのように貞子は言った。
「一体どうしてわかったんだい？そうなんだ。アダージョの部分なんだよ。」
「あら、そんなの簡単なことですわ。いつだって一番ゆっくりしたフレーズが難解ですもの。」
貞子は大真面目で少し得意気だった。
「壮大で派手で胸躍る部分が、作曲するにも演奏するにも一番大変だと思われがちだけれど、本当はよりゆったりして穏やかな部分が、作品の良し悪しを左右する重要な部分なんです。静かで穏やかなほうが、強くて堂々としているよりも扱いが大変なの。東洋の諺にもあるわ。『柔よく剛を制す』って。いつの世もそうね。時代が変わろうと、物事の本質はそう変わらないのね。」
そう言う貞子は遠い目をしていた。そしてハッと我に返ると、自分の言ったことが少し生意気だったかと恥ずかしがり顔を赤らめながら、若い女学生らしい笑みを浮かべた。
「君の言う通りだよ。とにかく、作曲のほうは完成までもう少しなんだが。あと少し刺激があればきっと特別な何かに辿り着けそうな、そんな感じかな。」
「先生のおっしゃる刺激って、一体何から得られるのでしょうね。」
貞子は声に出して呟き、目をそらした。僕にとっての刺激が何かを、真面目に考えているようだった。
「君っていうのはどうだろう。」
貞子の素振りをすこし茶化すように僕は言った。
「あら、駄目よ！私なんか。私、先生のインスピレーションになるほどのもの、何も持ち合わせていないわ。」
「僕のインスピレーション！そうだ、君こそ僕のインスピレーションなんだよ！初めからそうだろ？君と出会ったからこうやって作曲をしているんだから。」
僕は困った顔をしている貞子に笑いかけた。
「そんな冗談。そんなはずないわ。私、ただの学生に過ぎないもの。私のことそんな風に買いかぶらないでください。もっと刺激的な人を沢山ご存じでしょ？そう、アイブスなんか先生にとってのインスピレーションになっているんじゃないかしら？」
「アイブス？驚いた、君、アイブスを知っているのかい？」
僕は貞子のキリっとした顔を見つめ、彼女ならアイブスを知っていてもおかしくないなと心の中で呟いた。

「うん、アイブスは確かにそうだ。彼は僕のあらゆる部分に影響を与えている。けど、彼以外となるとどうだろう。そりゃ、沢山有名な音楽家は知っているけれど、彼からの感銘を受けた人となるとね。ところで、君のほうは最近どうだい？」
僕は突然話しを変えて、貞子の近況を尋ねた。
「勉強の方はどう？」
「とっても順調よ。ありがとうございます。クリスマス頃には、シベリウスを演奏する予定でいるんです。」
「シベリウスのヴァイオリン・コンチェルトかい？あれはいい曲だよね。もっと演奏されるべきなのに、全く最近の音楽の傾向ときたら。」
「ええ、ほんとそうですね・・・。」
貞子は何かを考えているようだった。
「で、その演奏では誰がソリストを務めるんだい？」
私は優しく彼女に問いかけた。いくら彼女が優秀な学生だとしても、ソリストを務めるのは彼女ではなく他のプロの演奏家に違いないだろう。この辺りには、演奏の場を求める若く優秀なプロがごまんといるのだから。
「ソリストは、ジョン・マロリーよ。彼、本当にすごいの。本当よ、彼の演奏はすばらしいわ。」
「マロリーか。確かに彼は優秀なヴァイオリニストだね。けれど、彼はブラームス専門じゃないのかい？彼よりも君が適任じゃないのかな、ハイフェッツのお嬢さん？」
「私がソリストを？とんでもない！」

貞子は真っ赤になって笑いをこらえるのに必死のようだった。
「本気だとも。先月かな？君の演奏を聴いたんだ。だから君がソリストを務めても僕はちっともおかしくはないと思うけれど。冗談じゃなくさ。」
貞子がどんな顔で何と切り返してくるのか、僕はじっと彼女の顔を見つめた。
「私の演奏を聴かれたですって？」
そう尋ねると、貞子は不安げに目を反らした。
「ああ、確かに聴いた。君の演奏は本当に素敵だった。君が弾いていたあの曲、何て曲だい？聴いたことがあるような。とても親しみを感じはするんだけれど、曲名が浮かんでこないんだ。」
「その演奏、本当に私でした？」
「おいおい、もちろん君だろ？練習室から僕に手を振り返してくれたじゃないか。あれは確かに君だっただろ？手を振る僕に気付いてくれたじゃないか。」
「そんなことあったかしら。だって、私の練習室の窓は閉め切られているのよ。ご存じのように、音楽棟はとても古いでしょ？だから、どの窓も簡単には開けられないのよ。」
「何だって？でも、僕は確かに見たんだ。窓は間違いなく開いていたし、そこで誰かが、僕は間違いなく君だと思ったんだけれど、とにかく誰かが素敵な演奏をしていたんだ。そして君は、いや、君じゃないとしても、その誰かは確かに僕に手を振り返してくれたんだ。」
「きっと、先生の見間違いじゃなくて？」

そう答える貞子の口ぶりは重く、何故か悲しげだった。
「じゃあ、あれは一体誰だったんだろう。」
そう答えるしかない僕の声も、つられて重々しくなった。
僕が貞子の顔を覗き込むと、彼女は僕の視線を避けるように言った。
「その人が弾いていた曲、どんな具合だったか、先生、覚えていらっしゃる？」
「ああ、頭から離れないんだ。ほんの一部だけれど、忘れられるはずがない。はっきりと覚えているんだ。」
「その部分、口づさんでみてもらえます？」
「もちろん、たしかこんな具合に・・・。」
僕は音程と旋律を思い出しながら、メロディーをできるだけ正確に再現しようとした。僕が記憶をたどりながら歌ううちに、貞子の声が最後の四小節に加わってきた。
「ほうら、知っているってことは、やはり君だったんじゃないか。」
僕は騙されたと思って少し腹立たしくなり、きつい口調で言った。
「いいえ、私じゃないわ。けれど・・・。私もこの曲、以前どこかで聴いたことがあるような気がするんです。」
貞子のほうも、何故自分がフレーズを再現できるのか全く分からないとでもいうように当惑した顔をしていた。まるで、今まさにどこか遠くでオーケストラがその旋律を奏でており、それを彼女の耳は聴きもらすまいとしているかのように貞子を耳を澄ましていた。
「君も聴いたことがあるだって？一体どこで？作曲はだれ？この曲は一体何なんだい？」
「私・・・私、分らない・・・。どこで聴いたのか思い出せないんです。ただ、何故かしら、ずっと前から知っている、そう、そんな気がするだけなんです。」
そう答える貞子は、相変わらず僕の背後にある何かを見つめているようだった。
「いつか、必ずこの曲の出どころを突き止めてみせる。そうだ、そうしなければ。君も手伝ってくれるよね？」
「私にできることなら・・・。」
貞子の声は沈んでいた。まるで何か他の事に心を奪われているか、僕には聞こえない旋律に心を奪われているかのように上の空だった。
「とにかく、君のヴァイオリンの腕前は確かだと思うよ。」
「本当にそう思われます？」
「もちろん、保証するよ。」
僕は断言した。
「それは光栄だわ。」
貞子はまた視線を落とし、すこしためらいながら言った。
「残念ですけれど、私、もう行かなくちゃ。」
「行くってどこへ？まだ休みで授業は無いはずだけれど？」
「休みだけれど、やらなくてはならないことがあるんです。私、急がなくちゃ。」
貞子は別れの挨拶をするように、僕に手を差し出した。けれど、僕のねじ曲がった左手は彼女の手を拒むように、ブランケットにくるまれていた。僕は左手をブランケットに包んで隠したまま、何でもないほうの右手を彼女に差し出した。彼女はそれを無視して、ブランケットごと僕の左手を握ってきた。彼女の勢いに僕は当惑し、後ずさりしてその手をふりほどこうとしたが、貞子はより一層強く僕の哀れな左手を握り返してくるのだ。
「さよなら、先生。」
貞子は改まった言い方でそう言った。
僕は何故だかその声に心がなごみ、左手の事など何でもないことだと思わせられるのだった。そうして彼女は前と同じようににっこり微笑んで行ってしまった。

僕は人の姿もまばらなキャンパスにしばらく立ちつくしていた。風はいよいよ冷たく吹き、雪が僕の頬を刺していた。左手には、彼女に強く握られた感触が今でも消えずに残っていた。

あの娘は利口だ。利口というよりも、僕の心を読めるようだ。あんな若い娘に人生のどれほどがわかっているのだろう。あの若さで僕の心の中を暴き、何もかも事前に知っているかのように振る舞うのはなぜだろう。

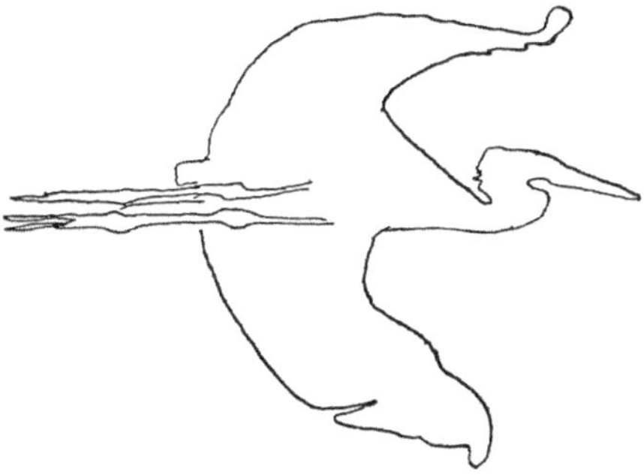

第五章

アンギアン・レ・バン近郊に位置するフランスのとある小さな村で、老教師が教壇に静かに腰かけ、彼の若い生徒たちを見つめていた。

この老教師とチャールズ・ダンベリーは、シカゴ大学での学生時代を共に過ごし、年月を経てなお交友関係を保っている、互いにとって青年期からの数少ない友人同士と言っていいだろう。老教師はしばしば、チャールズに手紙で愚痴をこぼすことがある。哲学教師として自分がこれまで何をなし遂げてきたか、どれほどの事が学生に理解され吸収されたことだろうか、そんなことは今まで一度もなかったのではないか。老教師は時折そのような疑問をチャールズに問うのだった。いつか老教師が定年を迎え教壇を去る時、彼は自分の教師としての功績——学生たちに礼節の精神への扉を開き、それを手ほどいたこと——に気付く事が出来るのかもしれない。そしてようやく彼は長年の疑問から解放され、安息の眠りに就けるのかもしれない。しかし、それはもう少し先の事だった。

その日、老教師は学生たちにとある質問を向けてみた。

「もしも諸君が、世界中のあらゆる人々にほんの一時だけでいい、完璧な平和をもたらすことができるとしたら、君たちは人々に何を与えるかね？ただし、君たちは人々にその幸せを与えることと引き換えに自らの命を失うんだ。つまり、自分の命と引き換えに人々に幸福を与えることが出来るとしたら、君たちはどうするか？何がそれを可能とすると思うかね？」

老教師は学生たちを見渡した。

始めに口を開いたのは、クラスでも目立つ学生だった。

「私だったら、まずそんな事自体考えないわ。だいたい、それってそもそも現実的にありえっこないわ。そんなこと不可能なのは分りきっているし、質問事態が馬鹿げているわよ！」

「ふむ、明快で有用な回答だ。」

老教師はそう答えた。

「しかし、それは回答を拒否するという事だね？そうすると君は、たとえそれが一瞬であったとしても、あるいは君には無縁のことなのかも知れないが、他人の幸福に貢献するという喜びを放棄するということにはならないかね？」

次に答えたのは、凛々しい顔立ちをした学生だった。

「私でしたら、人々に家族を養う手助けの方法を考えますわ。たとえば、家とか家計の足しになるお金だとかを皆に平等に分配するんです。けれどそう考えてみたって、やっぱり現実には無理ね。だってこんなこと言いたくないけど、やっぱり私、他人のために自らの人生を犠牲にすることなんて想像できませんもの。自己犠牲だなんて、私にとっては何だかおこがましい事のように感じられるし、それは最後の手段であるべきじゃないでしょうか。」
「いかにも、君の回答には私も同意見だ。」
老教師は言った。
「明るい未来を眼前に控えた、君のように若く美しい学生にとっては、たしかにこのような条件は割に合わないだろうね。」
　　　「与えるべきは、富や財産でしょう！」
そう答えたのは、長身にちぢれっ毛、ワシ鼻が印象的なメガネの学生だった。
「お金さえあれば、人は何だって手に入れることができるし、お金以外の幸福は人それぞれ。人が何を望んでいるのかを知り、それを与えることなんて不可能でしょう。もちろん、他人の幸福のために自らを犠牲にすることは不合理で甘い考えだとも思うけれど。つまり、この質問自体が矛盾を含んでいるんじゃないのかな。皆の幸福に本人が含まれていないもの。」
じっとりと汗ばんだ掌に、より一層熱を込めて学生は熱く語った。
　　　「権力！」
そう答えたのは、ひょろ長い体型に青い瞳の女学生だった。女学生は指を震わせ、少し神経質な面持ちで答えた。

「幸せになるためには、自分の人生を自由に選択できる力、それだけじゃなく、他人に影響を及ぼせる力、権力が必要だと思うわ。思い通りに自分の生きる道を切り開くことこそ、人が本当に自分の人生に満足できる方法じゃないかしら。けれど誰か他人のために、自らの人生を喜んで投げ出すなんて自己破滅的な考えだとも思うわ。まったくばかばかしいわよ！」

「二人とも、誠実で正直な回答だ。」

そう言って、老教師は二人の学生の興奮を静めた。このような流れで議論は進み、学生それぞれが思い思いに自らの考えを教師や他の学生たちに披露した。美、知識、思慮深さ、希望――学生たちの回答はどれも素晴らしい提案だと言えた。しかし、誰一人として全員が賛同するような答えを示すことは出来なかったし、どの答えも老教師を満足させるものではなかった。

老教師は再度教室中を見渡した。その時、後ろの席に目立たず淋しそうに座っている一人の女学生の姿が老教師の目にとまった。彼女はぼんやりと窓の外に広がる秋の校庭を眺めている。まるで教室で繰り広げられている議論が、彼女の耳には届いていないかのように。

「そこの若い夢想家さん、君はどう思うかな？」

老教師はそう言って女学生に声をかけた。女学生はしばらく何も答えなかった。彼女の隣の学生が肘で彼女の腕をこずいて急かしたが、彼女は未だ物思いに耽っているように所在無げな視線を少し老教師に向けるだけだった。眠りからさめるようにゆっくりと瞳に生気が戻り、そしてようやく女学生は口を開いた。
「先生、私にはこの問題に答えることなんてできません。私の貧相な頭ではとても無理なことだわ。私が今思いついた答えは、とっても単純であたりまえのことなんですもの。こんな答え、皆の前で披露できませんわ。」
　　　アジア系らしいこの女学生の顔は、窓の外から差し込む黄金の陽の光に陰りか細く見えた。
「それはどうだろうか。君の考えが他の者の考えよりつまらないかどうかなんてどうして分るかね。もしかしたら、君の回答はこれまでの議論とは何か違う視点を私たちにもたらしてくれるかもしれない。」
そう言う老教師の瞳は、この女学生の回答に興味を募らせていた。
「ああ、先生どうかお願いです。私の思いつく事と言ったら、本当にありきたりであたりまえの事なんですもの！」
老教師は優しくそして静かに女学生の答えを引き出そうとした。
「さあ、君の回答を聞かせてくれないか。」
「そこまでおっしゃるのなら・・・。でも私の答えをどうか笑わないでくださいね。」
そう言うと、未だためらいながら女学生はゆっくりと、言葉を慎重に選びながら語り始めた。
「私、思うんです。私が人々に与えることで彼らが幸福になれるもの。一番重要なもの、それは無償の愛をただ向ける事なんじゃないかって。そして、そしてその愛は、自分以外の人の事を心から想う事なんじゃないかって。例えば、母親と子供との間にある無償の愛情。子供だって、母親から愛を注がれるだけじゃないはずよ。子供はその存在自体が母親に無償の愛を与えるでしょう。一番大事なもの、それは、与え合う平等で無償の愛の気持なんじゃないかって思うのです。そういう考えをみんなが共有できさえすれば、どんな問題も起らないんじゃないでしょうか。そして、そういう調和が人々をより一層愛に満ちた存在へと変えていくのじゃないかしら。」

女学生の回答に耳を傾ける老教師の瞳はきらきら輝いていた。

「学生諸君！彼女の答えを心して聞いているか！こちらの女学生は、我々に教えてくれている！その価値は容易には見えないものだし、それは確かに最も儚くもある。諸君は彼女の答えの中に、その完璧なるものを見ただろうか。諸君が自らを犠牲にして人々に幸福を与えた後、その贈り物が富や権力、美しさ、人間が作り上げた値打ちで計れるものであったとしたならばどうだろう。自らを犠牲にした祈りは何も残さず、何にも結び付かず、結局諸君は自分の命の代償を後悔するかもしれない。しかしどうだろう。今、彼女が我々に示してくれた回答は、永遠に消え失せることなく人々の中に残り続け、その後ずっと人々を真の幸福へと導きつづけるのではないだろうか！」

そう言う老教師はもう一度女学生の方を向

きなおり、優しげな笑顔を浮かべながら静かな口調で彼女に最後の質問を投げかけた。

「そして、夢想家さん。あなたは自らの命と引き換えにするという代償を受け入れてまで、人々を幸福にしたいと思うかね？」

そう訊く老教師は、女学生に熱心に見入っていた。まるでその姿は、彼女からの回答を聞く事で、長い年月彼が追い続けていた真理にたどりつく事ができると期待しているようだった。

女学生は老教師から視線を反らし、もう一度窓の外の校庭に視線を向けた。彼女の表情は先ほどとは異なり不思議な輝きに満ちていた。視線の先には校庭の景色を越え、見えない何かを捉えているかのようだった。彼女の声は、時空を越えた悲しみ、あきらめをたたえていた。そして彼女の瞳はどこか遠くで咲き誇る美しい花を映していた。彼女の答えはため息のようにか細く小さい声で発せられたが、それは教室に鮮明に響き渡った。

「ええ、何のためらいもなく。」

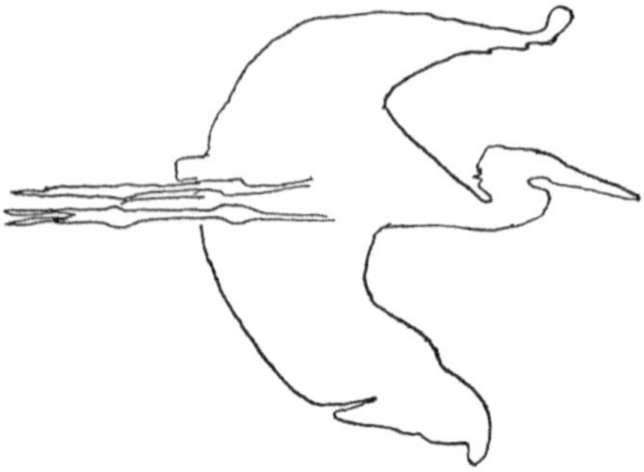

第六章

感謝祭が過ぎ、シカゴの街は色とりどりのクリスマスムードに包まれ始めていた。その年は例年以上の雪に見舞われ、クリスマス前だと言うのに街は一面白く厚いビロードのマントをまとっているかのようだ。公園からは子供たちが雪まみれで遊ぶはしゃぎ声が響き、街は買い物にでかける人々の群れで活気付いている。ミシガン通りはイルミネーションが鮮やかにきらめき、にぎわいも一層だった。カラッと晴れた冷え込みの厳しいある晩、僕は例年のごとく人混みの中を何の目的もなくウィンドウをのぞいて歩いていた。クリスマスのお祭り騒ぎは、まさに今この幸せなにぎわいと同じ時、世界のどこかでは惨さんたる戦争が起こっていることなど、どこ吹く風という調子だ。海の向こうの戦争は、はるかかなたの現実味のないニュースに過ぎなかった。

その時、大惨事がどこで起ろうとも、シカゴの僕らには知る由もないことだった。

血なまぐさい戦争から遠く離れた安全な場所にいて、どうしてその苦しみを知ることができるというのだろうか。実際目に見えないものは感じようがないのだから、仕方のないことだろう。音もなく投下される爆弾、キーンとうなり空を切る戦闘機の影、断末魔の叫びや無数の死——それらはどれも、僕らに現実味を持って迫ってくるにはあまりに遠くにありすぎる。失明した子ら、手足をもぎ取られた兵士たち。日の光は隠れ、代わりに爆撃が辺りを照らす中、突如子供を奪われて放心状態になる母親。無残な子供の遺体をぶら下げてさまよう者たち。かれらのどうしようもない悲しみなど、僕らがどうしてわかり得るというのだろう。それらはみんな、僕らには知った事ではな遠くの出来事だった。クリスマスのお祝い騒ぎに酔いしれる僕らに、そんな他人の苦しみなど分るはずもなかった。

　　大きな瞳を輝かせる子供たちと一緒になって、僕も街中のイルミネーションや飾り付けに目を奪われていた。電飾のサンタクロースやトナカイ。すばらしく良くできている玩具の汽車がレールの上を走り、その中心には考え付く限りの色と光を纏ったクリスマスツリーが輝き立っていた。なんて楽しい雰囲気なんだろう。僕は、家族と一緒に過ごした子供時代のクリスマスに戻ったような気分に浸っていた。その頃の街並みに戻ったような気分に陥りながらも、心のどこかでは分っていた。全ての幸せは幻想で、二度と戻れない過去の思い出に過ぎないということを。

　　時は流れ、自分自身も周りの景色も様変わりした今、僕は肩を並べて歩く人もおらず、クリスマスムード一杯の街中を一人で歩く事にも慣れきっていた。孤独を感じるには街は賑やか過ぎたのだ。絶えず子供たちの笑い声が聞こえ、彼らの生き生きとした目の輝きは、周りから憂鬱や孤独なんてものを一掃してしまう。今がどんな時代であったとしても、クリスマス独特のにぎわいだけは、不思議なことにいつもと何ら変わりなかった。

角を曲がり、人の流れに乗ったまま西へと歩いていると、ウィンドウ越しに視線を感じた。ガラスに映り込んだ影が、僕のほうをじっと見ているようだ。その愛らしい丸顔は、人ゴミの中で僕だけをじっと見つめている。視線をとらえた僕はすぐさま後ろを振り向いた。

「貞子！」

とっさにかけた僕の声が聞こえなかったのか、貞子は反対方向へ行きかけていた。

「貞子！」

もう一度叫ぶ僕の声に彼女はようやく気付き、こちらを振り向いた。少しためらいながらもやがてにっこりこちらに笑いかけてきた。

「ダンベリー先生！お会いできてうれしいわ。」

僕の方へ近寄ってくる彼女の姿は、とても疲れているようだ。周りのイルミネーションがまぶしすぎるせいだろうか。彼女の顔色は悪く、あまりに沈んだその様子に僕は少し驚いた。何よりも、彼女はぐんと背がのびて、もはや十代の若い女学生ではなく立派な女性の姿だった。けれどその変化の不可解さにも関わらず、僕はその女性を貞子と認識するのに何も違和感を感じなかった。

「こんばんは、貞子。元気だった？勉強の調子はどうだい？」
「ええ、順調よ。」
「ヴァイオリンの練習、うまくいっている？」
「ええ、少しずつだけれど、順調に進んでいますわ。」
いつものように控えめな返答は、見た目の変化を全くないものにしてしまった。
「もしかして、練習に根を詰めすぎているんじゃないのかい？顔色がわるいぞ。少し気を楽にしたほうが良さそうだよ。」
「あら、私なら平気ですわ。何も問題ないし、とっても元気ですよ。今年、あまり陽に当たらなかったからじゃないかしら。」
僕の心配をよそに、彼女は笑っていた。
「最近は何を練習しているんだい？君の演奏のこと、とても気になっているんだ。」
「そうね・・・。」
目を伏せて答えるその声はとてもかぼそい。
「最近の君のこと、もっと教えてくれよ。」
僕は貞子の腕を取り、人ごみをよけて進みだした。
「そうね、シベリウスに取り組んでいることは前にも話したわよね？順調よ。マロリーのソロは本当にすごいの。まるでヴァイオリンが歌っているようなのよ。」
君の演奏だって、きっとすごいに違いない、そう思ったが、僕はそれを声に出さなかった。
「三楽章が少し難解なのよね。技術的にも解釈的にも。先生ならきっとお分りでしょうけど。」

「たしかに、あの部分にはだれもが手こずるだろうな。」
「それでも、オーケストラのみんなはいい具合にやっているわ。素晴らしい出来になりそうよ。新年に演奏する予定でいるの。」
「そのコンサートの事なら僕も聞いたよ。もちろん出かけるつもりだよ。」
「それから私、他にも大事な事を始めたの。」
彼女は話しづらい秘密を打ち明けるような口調だった。
「良いことじゃないか。何を始めたんだい？」
「ちょっと調べ物をしていたら、偶然アイブスのヴァイオリン・ソナタ第三番の譜面の映しを見つけたのよ。」
「ほう！それは。それで？」
「それで、早速その譜面を勉強し始めたのだけれど、それがとっても難しくて・・・。」
「でも、どうしてアイブスを？」
一体彼女はどうして急にアイブスに取り組みはじめたのか、僕は不思議に思って聞いてみた。
「あの、先生が以前アイブスの作品のこと、あんまり熱心に語ってくださったものだから。私、その話にとても共感してしまって。図書館で分る範囲で彼の事を調べてみようと思ったの。調べていると、彼の交響曲第三番は他のどの作品よりも群を抜いて荘厳で特別な雰囲気をたたえていると思うようになったの。特にソナタの三番なんて。それに、他の曲は技術的に要求されるレベルが高くて、どれも私の手に余るけれど、三番のソナタは私が弾くべき曲なんじゃないかって。」
「君ならどんな曲だってきっと弾きこなせるさ。けれど、たしかに三番を選んだのはいい選択だと思うよ。もう練習を始めているのかい？」
「ええ、まだほんの少しですけど。そのソナタを理解するのに、今は彼のことをもっと知りたいんです。」
「そうだね。彼についてはまだ知られていないことが沢山あるようなんだ。」
僕が続けようとするのを遮るかのように、貞子が急に甲高い声をあげた。
「まあ、あれみて！砂糖漬けのリンゴ、私、大好物なの。先生、一緒に食べません？」
「いいとも。」
僕はじっと貞子を見つめていたが、彼女の方は僕を見ようともせず、僕の手をただ引っ張り屋台の方へずんずん進んでゆく。
砂糖漬けのリンゴをそれぞれ持ち、僕たちはショッピング・モールの片隅にぽっかり空いた人込みの途絶えた所まで歩いて行った。雪が再び降り始めていた。貞子と会っている時は、いつも決まって雪が降るなと、ふと思った。

二人は手に手を取って
あてもなく、ゆっくりと、
エデンの園を二人きり
進んでゆく

ミルトン『失楽園』七巻

「くつろいでいるかい？」
僕はそっと彼女にきいてみた。
「ええ、とても。」
彼女の声は、確かにくつろいで穏やかだ。
「僕と一緒にいて、っていう意味だよ？」
「先生のおっしゃる意味、分っているわ。」
そう答える声は低く響き、言葉以上の意味が感じられた。
「白状するが、君に会うたびに僕はどういうわけか、安らかでほんわかした気分になるんだ。こんな気持ち何年ぶりだろうか。」
「私も、先生が感じるのと、同じ事を感じているの。心地よくて、とても幸せな気分になるわ。」
彼女の言葉は、僕に異国の言葉のように聞こえてきた。まるで目の前にいる貞子が、時代や空間を越えてどこか遠くの東洋人にでもなったかのようだ。
「でも、なかなか君には会えないんだ。貞子、毎日何度も君のことが頭に浮かぶんだ。一人でいることが当たり前だったこれまでの侘しい生活に、君が突然現れたんだ。君ははつらつとした若い学生で、一方僕ときたら歳を取ったつむじ曲がりの教師ときている。こんなにも共通点の無い者同士じゃ、どうしようもないさ。違う所で、違う時に二人が出会えていれば・・・。つまり、もっと早くに君に出会えていれば・・・。」
僕は続く言葉を口ごもり、それ以上うまく言えなかった。なんて馬鹿な事を口走っているんだろう。

どうやったら貞子と僕がもっと早くに出会えたというんだろう。
　　僕は改めて笑顔をつくり直した。
「だけどどうして若くてかわいらしい君みたいな人が、わざわざ出来損ないの僕なんかとこうやって会っているんだろうね。」
「先生は出来損ないなんかじゃないわ！」
彼女は強く言い切り、僕の目を見据えた。
「いや、残念だけれど、そうでもないんだ。」
「先生、あなたは完全よ。足りない所など先生のどの部分にも見つけられないわ。」
貞子は僕の腕を強く握ってきた。おかしな言葉だったけれど、その言葉は今までのどんなものよりも僕の心に響いた。
　　僕らはしばらく黙ったまま、雪の中を歩き続けた。
「本当にそう思う？」
僕はそっと彼女に問い直した。
「本当かどうかだなんて、私は自分の言葉をそのまま発しただけ。」
貞子はそうきっぱりと答えた。またおかしな言い方だったけれど、それは僕にとっては申し分のない答えだった。
　　彼女は一体どういうつもりで言っているんだろう。僕は心の中で呟き続けていた。その若さで、どうしてこんな歳上の僕なんかの事を。不確かな未来、数えきれないほどの「なぜ？」や「どうやって？」、そして「いつ？」そんな疑問が次から次へと浮かんできた。彼女はまるで、女神のようにただ僕の横にいた。僕の不完全さを責めるどころか全てを受け入れて。僕は思わず声に出して彼女に言った。
「君は、理想の、理想の申し分ない女性で、僕が産まれてからずっと探し求めてきた自然の女神の化身みたいだ。」
「私のこと、どうか、『申し分ない』だなんて言わないで。私、分ってるの。自分が誰よりも不完全な人間だってこと。」
「とんでもない！生れて初めてなんだ。自分で自分を初めて健全だと思えたんだ。君のおかげなんだ。」
貞子は僕の言葉を聞こうともせず、私に背を向けた。
「地下鉄の駅が見えたわ。ここでお別れしなくちゃ。」
そう言ったと思うと彼女の背中は突然震えだし、何かに怯えたように僕の方に振り向いた。
「私、地下鉄が怖いの・・・。すごい音だし、それに・・・。」
貞子は手袋の上から、神経質そうに手を指すっている。まるで古傷が痛むかのように。
「僕の車、すぐ近くに止めてあるんだ。」
断られるのを承知で、僕は彼女を送ることを提案してみた。
「いえ、結構です。ありがとうございます。次の電車には乗らなくちゃ。今晩は用事があるし、それに・・・。」
「いや、いいんだ。少し強引だったかな。じゃあ、今度いつ会えるかな？学校で？コンサートで会えるだろうか？どうせ君は分らないって答えるんだろうけれど。」
「どうして？どうしてそんな言い方するの？」
「どうしてって、君だって分っているんじゃないか？一体君がどういうつもりで何者なのか僕はあえて問い詰めないけれど。時がきたら、また僕の前に現れてくれるよね？それまで君は一体どこにいるんだい？教えてくれないか？」
「電車がくるわ。さよなら、ダンベリー先生。」
貞子は再度私の腕を強く握りしめてから、その手を離して立ち去ろうとした。僕はもう彼女を引き留めようとはしなかったが、もう一度だけ声をかけた。
「貞子、行ってしまう前にもう一つだけ。」
「え？」
ほんの数カ月前に初めて出会った時は幼い少女だったという記憶、そして今、目の前から消え去ろうとしている若い女性。そのギャップに、僕は受け入れながらもやはり戸惑っていたのだ。
「いや、何でもない。さあ、電車が来るよ。元気で。それから、また必ず戻ってくるんだよ。」
「なるべく・・・そうしますわ。」
貞子は僕に背を向けて足早に去って行った。僕は、以前と同じように一人冷たい寒空の下に取り残された気分だった。カラッと晴れて澄み切った街の空気が、とたんにそっけないどんよりとしたものに変わり、身を切るような寒さだけがより一層際立っていた。魂の奥深くに潜む独特な寒さ、そんな冷気だった。

憂鬱な日々が再び
一年で一番悲しい日々の再来

ウィリアム・カレン・ブライアント
『花々の死（Death of the Flowers）』

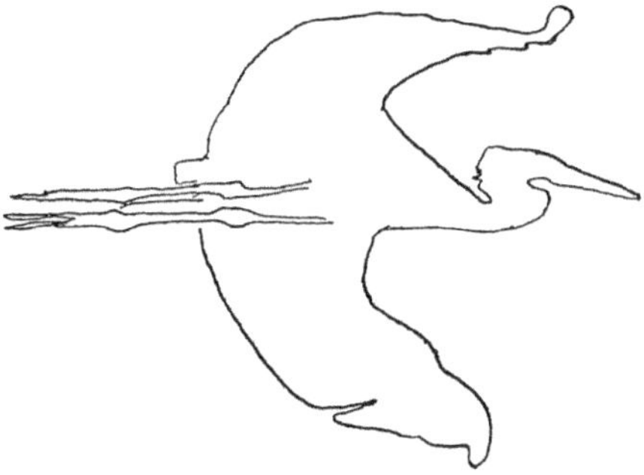

第七章

　その冬、再び貞子の姿を見かけることは無かった。分ってはいても、音楽棟の窓の下を通るたびに、彼女のヴァイオリンの音色を探してしまった。しかしあのすすり泣くような音色を再び耳にすることもなかった。結局、彼女はここの学生ではないらしかった。随分前にコンサートホールの外で交わした会話を思い返してみると、彼女はどこかの国から一時的に訪問している聴講生か何かなのだろう。でもどこの国から？今はどこにいるのか？少なくとも、これらの疑問の答えを彼女から聴きだすことは無理だろうし、僕も彼女に尋ねようとは思わなかった。

　彼女へ贈るソナタはほぼ完成していた。ただ、アダージョの部分はまだ手つかずで、相変わらず糸口さえつかめず悩み続けていた。どんなに頑張ってみても、形式も構成も決められず、ただ耳から離れないあの旋律だけがしつこく浮かんでくるのだ。あの日、霧がかった窓辺で誰か分らないヴァイオリニストが奏でたあの音色。どこか懐かしく、同時にこの世のものとは思えない美しい旋律だけが。
　キャンパスの茂みや木々は、雪解けの始まった春の暖かさで芽吹き、小鳥や眠りから覚めた動物たちがちらほら姿を見せ始めている。早春の草や土の匂いは、子供の頃の思い出を呼び覚ました。
　その年の夏、僕は一カ月ロサンゼルスで過ごすことにしていた。研究や授業の調整もすでに整い、僕にとってはじめてのカリフォルニア滞在が実現しそうだ。
「夏が待ち遠しくて仕方ないようだな、チャールズ。」
声の主は同僚のレオン・ベンソンだ。レオンは友人と呼べる数少ない同僚の一人で、教授陣の中で唯一僕の音楽の好み（現代的で前衛的、バルトークやアイブスの作品などに傾倒しがちな）を理解し、陰ながら支えてくれている。指揮者としてのキャリアをすでに確立している彼は、ある程度自由のきく地位に登りつめていた。
「そうなんだよレオン。何だか夏が待ちきれなくてね。考えてもみろよ。ずっとシカゴにこもりきりで一度も西海岸に行ったことがないんだぜ。」
「ところでチャールズ、君の言っていた貞子とかいう少女はどうしてる？近頃話に出てこないけれど。」
彼は心配するような、どこか不可解な問題を抱えているような難しい顔で聞いてきた。僕は、貞子との不思議な出会いについてレオンにだけは打ち明けていた。けれど、彼が何気なく話した僕の話を覚えていたこと、そして貞子の名前まで記憶していたことは、僕には少しおどろきだった。
「あれっきり、なしのつぶてさ。まるでお化けにでも出くわしたようだよ。今さっき雪のもやから現れたと思うと、次の瞬間には目の前から姿を消している。どこに行ってしまったのかも分らないんだ。」
「そうなのか・・・。」
そう答えるレオンは、何か言いたそうだった。
「いや実はだな、先週おかしな事があってさ。それで、以前君の話していた貞子とかいう少女の事を思い出したんだ。」
「一体何があったんだい？」
彼の出くわしたおかしなことというのが、貞子につながっているような気がした。
「たいしたことではないんだが。ウィンスコンシン州で、別の・・・もうひとりの貞子に僕は会ったんだ。うまく言えないんだけど。」
「一体どういうことなんだ？詳しく教えてくれないか？」
僕は思わず身を乗り出して、飛びかかるように彼を問いつめていた。
「それが何というか、とにかく奇妙なんだ。君も知っての通り、先週の木曜僕はマルケット大学で客演したじゃないか。そこの若い学生たちはとても気持ちのいい奴らでさ。本当に才能のあるのはわずかだったけれど、みな、実に熱心なんだ。」
「それで？」
目に見えない事実への手がかりが僕に向かって伸

びてくるようだった。
「それで、僕らは水曜の夜、本番前の最後のリハーサルに取り組んでいたんだ。常任の指揮者がかなりいい線まで調整していてくれたおかげで、随分順調に進んだよ。」
「それで？」
「リハーサルも終盤、ちょうどシベリウスの曲に入った頃かな・・・。」
「シベリウス？ヴァイオリン・コンチェルトかい？」
「ああ、そうなんだ。どうして知っているんだい？前に話しただろうか？」
いや、君からきいたわけではないのだけれど、と、僕は心の中で呟きながらも、目で彼に話の続きをせかした。
「とにかく、ソリストは背が高く人目を引くアジア系の女学生だったんだ。君がシカゴで貞子に会って、今度は僕がウォィンスコンシンでこの学生に会った。単なる偶然なんだろうけれど、何かつながりを感じないか？」
「それで？」
僕の肩は力が入ってがちがちになっていた。
「でも、その娘が貞子なわけはないよな。彼女の名前は、たしか暁美とか言ったっけ。彼女、事故の後遺症か何かで左目が見えないらしいんだ。」
「その暁美とかいう娘と、僕の会った貞子に何か関係性があると思った理由は何なんだい？」
レオンが一体何に偶然の一致を見出したのか、まだ僕にはつかめていなかった。

「何て言うのかな。彼女は恐ろしく上手にシベリウスを演奏するんだ。けれど、最終楽章にくるまでずっと、演奏そっちのけでバルトークだのアイブスだの、それから自分が今取り組んでいる課題曲と彼らの作品がいかに関連しているかとか、とにかくずっとしゃべり続けるんだ。そして、どこか遠くを見つめるようなまなざしで、そうだね、ほとんど恍惚としたような顔して僕に言うんだ。近い将来、自分はもっと素晴らしい現代の作品を演奏することになっているってね。」
「別にどこもおかしくないじゃないか、レオン。学生の中には、とりわけ現代ものを好むのも少なくないよ。まあ、彼女の趣味は偶然にも僕と貞子が話した内容と重なる所はあるけれどさ。」
もっと具体的な貞子に関する何かをレオンから聞き出す事を期待していた僕は、その内容に少しがっかりした。
「まだしまいじゃないんだ、チャールズ。これからが本当に奇妙なんだよ。僕も何が何だかわからないんだ。」
「それで、どうしたっていうんだい？」
「コンサートの夜、暁美っていうそのソリストは、リハーサルとはすっかり変わってとても落ち着かない様子だったんだ。若い演奏家にありがちなプレッシャーと緊張だろうと思って声をかけたのだけれど、彼女はそうじゃないって言うんだ。そうじゃなくて、もっと奥深い所で胸騒ぎがして仕方がないって言うんだよ。」
「おいおい、じらすなよ、レオン。一体何があったんだい。」
「その時の暁美は、そうだな、何かを察知しているような、何というか、別の空間に引きずり込まれようとしているような、とにかく様子がおかしかったんだ。彼女はこう言うんだよ。自分は、どこかで素晴らしい演奏をしている自分自身の姿が見えて、その音まで聞こえてくるって。その初めて聴く音色と旋律に心を揺さぶられて、それで落ち着かないってさ。その音色があまりにリアルに頭の中で響き続けるものだから、これから始まる現実の、つまり自分の演奏に差支えるんじゃないかって。シベリウスよりも、頭の中の演奏に心を奪われているようだった。それに・・・。」
僕は彼の話をさえぎって、口をはさんだ。
「彼女が聴いた架空の演奏、それは音楽棟の小さな窓辺のイメージじゃなかったか?彼女、そう言ってなかったか?」
「そんなに焦るなよ、チャールズ、まだ続きがあるんだ。」
レオンは先を急ぐ僕をじっと見つめていた。
「まだ、他に何があるっていうんだ?」
「その曲の作曲者は、君なんだよ?」
「ええっ?」
僕は思わず大きな声を出していた。
「そうなんだ、彼女、その曲の作曲者は君だって言うんだよ。」
「だけど、暁美といったか?そんな娘に会ったことないぞ。誓ってそんな学生は記憶していない。会っていれば間違いなく覚えているはずだ。」

「おかしいだろ？けれど暁美は、作曲者の名前はチャールズ・ダンベリーで、イリノイ大学の教授だとはっきり言ったんだ。だから僕は言っただろ？なんとも不思議な話だって。」
「その旋律、彼女は実際に再現して君に聴かせたのかい？」
僕は自分でも信じられないくらい興奮していた。
「ああ、手にしていたヴァイオリンで、ほんの少しね。それがだよ、チャールズ・・・。」
「なんだっていうんだい！」
「その曲がすごいんだ。ラプソティーっぽくってさ。あんな曲、ちょっと他に聴いたことないぞ。今まで耳にしたどんなヴァイオリン曲よりも、心に訴えかけてくるものがあったんだ。色々な要素が混ざり合って一つの音楽的なエネルギーに集約されているとでも言うのかな。とにかくすごいんだ。言葉にできないくらいだよ。息をのむほど美しい旋律に、僕の胸がどれほどざわついたか。思い出しただけで興奮してくるよ。その後でシベリウスを演っていても、その旋律が耳にまとわりついてしかたがないんだ。僕はその旋律の虜でさ。それでも何とか舞台をめちゃくちゃにしないようにとタクトを振り続けるのがやっとだったよ。」
「演奏会は成功したんだろ？」
「ああ、うまくいったよ。彼女は堂々と完璧にソロを弾きこなしてさ。感情がよく入っていて落ち着いてもいたし、テクニックも申し分なかった。演奏にとても風格があったよ。でも・・・。」
突如レオンは、心に浮かんでいる次の言葉を噛み殺しているような顔をして目を伏せた。
「どうしたっていうんだ？」
「いやでもな、おかしいんだよ。今考えてみてもやっぱり彼女はどこか様子がおかしかった。演奏は確かにすばらしかったんだ。けれど、それはリハーサルの時とは全く別人によるものだったんだ。フレーズの取り方も何もかも、それまでとは全く違ったんだ。見事だったのは確かだ。けれど、前日とは全く違う素晴らしさだった。まるで同一の人物の中で、演奏だけが別人に入れ替わってしまったかのようにね。」
思い返しながら再度驚きに襲われているように、レオンは目を見開いて僕のほうを見ている。
「チャールズ、一体どういうことなんだ？」
「レオン、『どういうことなんだ』じゃなくて、『彼女は何者なんだ』ってことだろ？僕だって分らないんだ。僕の方がもっとこんがらかっているよ。しばらく一人にしてくれないか？混乱してしかたない。」
急に疲れを覚えた僕はぐったりして彼の前を後にした。何もかもが分らなくなっていた。考えようにも混乱が増すだけで、僕はただ床を見つめて呆然と立ち尽くすしかなかった。
「手がかりになるかもしれないから、これを置いていくよ。」
レオンはそう言うと、手書きの楽譜を僕のピアノの上にそっと置いた。
「思い出せる限り、例の旋律を書き出してみたんだ。今も頭の中で響き続けているのに、書き出そうとすると曖昧なんだ。まるで、僕がそれを書いたり思い出したりするのを大きな力が阻止しているようにね。本当に一体何が起こっているんだろうな。じゃあ、チャールズ、僕はこれで。後で様子を見に来るよ。何か僕に出来ることがあれば、何でも言ってくれ。」
レオンはそっと部屋を出て、後ろ手に音もなくドアを閉めた。レオンから預かった譜面に手を置いたまま、僕はもうしばらくただじっとしていた。見なくても、その楽譜には僕の作ったものと同じ旋律が書かれてあるのが分っていた。音符の一つ一つに至るまで、僕が数カ月前に作曲した通りの楽譜だと・・・。

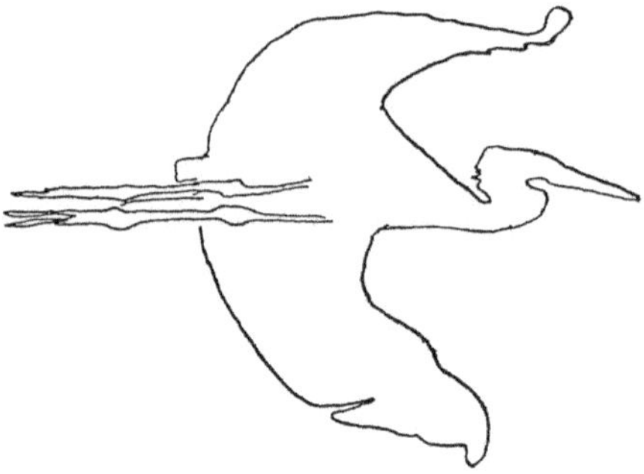

第八章

気付くと月日はいつの間にか過ぎ行き、もう六月の最終週になろうとしていた。シカゴからロサンゼルスまでの列車の旅はくつろいだものだった。スーパーチーフは素晴らしく乗り心地がよく、銀色のモダンな車体は高速にも関わらず湖面を滑るようにスムーズに僕を運んだ。座席にゆったり身を沈め、見晴らしの良い大きな窓から、矢のように過ぎ去ってゆく景色をぼんやりと見ていた。

なんてばかでかいのだろう、この国は。この長距離を三昼夜で横断してしまうなんて。僕は車窓の外に広がる広大な景色に引き込まれていた。歩いて横断するとなると一生かかってもおかしくないこの広い大地を切り開くには、途方もない年月がかかったことだろう。ピンクの夕焼け空とグレーの土との色のコントラストが目の前を通過してゆく。かつてのカウボーイやバッファロー、カイオワ族やコマンチ族はどこへ行ったのだろう。

かれらの姿は広い景色のどこにも見当たらず、みなどこかへ消えてしまったのだろう。生命あるものを根絶やしにしてしまうほどの灼熱の太陽が焼きつける荒野が、焦げた獣の皮のように広がっていた。あちらこちらには、角のとれた淡い色の岩が点在しており、その部分だけ皺が寄ったように大地が起腹していた。

しばらくすると景色はサファイア色の湖と渓谷をいくつかやり過ごした。渓谷に沿って松の木が岩肌にへばりつくように茂っている。束の間の陽の光を求めて、木々は空に向かって不自然に背伸びをしていた。

大学やシカゴの街、学生たち、そういった日常からとんでもなく離れた所に僕は居るのだな。眼前に広がる大きな山や谷に比べると、日常のあらゆることが取るに足りなく感じられる。無機質にそれでいて騒がしく雑然と続く通りとビルの群れ。賑やかなシカゴの街も、この荒野の広がりに比べると地図上ではちっぽけなインクの染み程度だろう。巨大で物言わず広がる陰鬱な大地は、全てのものを圧倒する迫力があった。銀色の寝台列車は、その中を一筋の切り傷のように進んでゆく。曲がりくねって進む銀色の箱は、孤独で時代錯誤な妄想に浸る僕を乗せて、時間の止まった有史以前の景色の中を進み続けた。

　ロサンゼルスに到着しホテルへ向かうバスに長いこと揺られている間、僕は窓の外の景色だけを追っていた。シカゴとほぼ同じなのに、この街の景色はなんとも広々としている。到着した宿は豪華ではないものの居心地の良さそうなものだった。今回の滞在は出張扱いなので、贅沢などは望めないのだ。

　ホテルは公園を挟んで、仕事先の大学からそう遠くない場所に位置していた。五階に取った部屋から景色を見てみると、公園は思ったよりも大きく緑の多い雰囲気の良いものだった。ホテルから南東へ数ブロックは伸びているだろうか。遊歩道が緑の中に設置され、それらに沿ってあらゆる木々が不規則に植えられている。この地の穏やかな気候のせいか、様々な木々は変化に富んだ形や色の葉を茂らせていた。点在しているベンチには、老人が一人か二人腰かけているものもある。かれらはのんびりと花や木々を眺めてでもいるのだろう。そんな老人達も含めて、この公園の趣はまるで古き良き時代に戻ったかのような優雅さをたたえていた。

　音楽図書館で充実した調査を終えホテルの部屋へ戻ったある晩、僕は窓辺に寄りかかって眼下の景色を何気なく眺めていた。それは日暮れ時で、金色の陽の光が線になって公園の木々をすかしながら途切れがちに地面へと影を落としていた。日曜の晩にしては、不思議なほど通りの往来は静かなものだった。旅行者も家路に着く労働者も、夕食時の今頃はきっとどこかで一日の疲れを癒しているのだろう。

　僕は何となく公園を散策してみようと思い立った。まだ日は落ち切っていないし、夕食を取るには空腹を感じていないかったからでもある。知人がロサンゼルスの夕暮れ時はなかなか冷え込むと言っていたのを思い出し、僕はいつものマフラーを首に巻いてホテルのロビーへと向かった。

　通りを横切り公園に入ると、辺りには車はおろか人の姿もまばらで静まり返っていた。僕はゆったりとした気分で、静寂が佇む公園の中を歩き始めた。青々と茂る芝生、さらにはその向こうに広がる木立へと思い切って足を進めた。木々が影を落とし薄暗くなった景色につきまとう不気味で不吉な気分は、暖かい風と鳥のさえずりがすぐにかき消してくれた。木陰になった長く狭い小道を進むと、何かが壁か塀に向かって規則正しく打ちつけられる音が聞こえてきた。まだ家路につかず遊んでいるこどもでもいるのだろうか。こどもがキャッチボールかテニスの壁打ちでもしているのだろう。子どもが遊ぶ時間はとっくに過ぎているはずだけれど。そんな事を考えながら、音の聞こえる方へ紫木蓮の下枝をくぐり分け入ると、突然小道が開け小さな空き地に出くわした。

　知らぬ間に、鳥のさえずりは消え虫の鳴き声も風に揺れる木々のざわめきすら聞こえなくなっていた。空き地のちょうど中心に、四角く細長いコンクリートの壁がすっくと立っている。それは、自然の中でたったひとつ居場所を間違えたよそ者のように浮き立った奇妙な人工物だった。その不思議な壁にしばし目を奪われていると、薄れかけた記憶のようにぼんやりとしたイメージが突然頭の中に浮かんできた。暗く、心を乱すイメージ。それは、時の流れの狭間に揺れるぼやけた影のようで頼りなく、何であるか判別すらつかないおぼろげなものだった。けれど不鮮明ではありながら僕の思考を覆い尽くす霧のように濃くまとわりついていた。

その時、小さな女の子の姿が目に入った。少女は、一生懸命脇目も振らず壁に向かってテニスボールを投げては、跳ね返ってくるのを追いかけている。少女はやけに古ぼけてみすぼらしい身なりをしていた。その動きは、幼児特有の不器用なもので、右腕と右足を同時に動かし、つまずいては笑い、大きな声で何か話しているようだ。白いハイソックスはくるぶしまでずり落ちている。どこか近くに大人はいるのかと辺りを見回してみたけれど、誰もいないようだ。かがんで落とした麦わら帽子をひろいあげ、自分の頭に乗せなおしてから、少女は僕の方を向き突如声をかけてきた。
「こんにちは、来てくれてうれしいわ。」
僕のことを待っていたかのような人懐っこい声色だった。まるでぼくがここに来るのをあらかじめ知ってたようなその素振りに、僕は落ち着かない心のざわめきを感じた。
「やあ、面白そうだね。」
付き添いはいないのかと辺りをまだ捜しながら、僕は少女に話しかけてみた。辺りはまるでタイムスリップしたかのように、昔の気配が漂っている。

「うん！おもしろいよ！」
少女は息を切らしながらキーキー声をあげて、大きく逸れて跳ね返ってくるボールを追いかけている。急にボールが僕の方へ飛んできた。思わずねじれた左手を伸ばしてしまったが、僕は右手でボールを拾い上げた。ボールを投げ返す時、左手をおかしな様を見られていやしないか少し気になり少女の顔をうかがったが、どうやら僕の手のことなんか一向に気にしていないようだ。少女はネイビーブルーのスカートをはたはたと揺らして砂埃を払い落としている。そんな仕草の少女の顔が丁度はっきり見えた時、僕は思わず息を呑んだ。影になったり髪が揺れたりしてすぐにはわからなかったが、少女は見覚えのあるアジア系の顔つきをしていたのだ。短いおかっぱ頭の顔をもう一度見直し僕は確信した。彼女の左頬には、しみのようなただれの痕があった。
「ありがとう。」
ぎこちない動きでボールを受け取った少女は再び一人遊びを始めた。
「お父さん、お母さんはどこにいるの？」
「二人とも、ここにはいないわ。遠いところにいるの。」
少女は僕に顔を向けようともせず、相変わらずボールを追いかけている。
「遠いところって、一体どこにいるんだい？」
「アマチだと思う。キャンプにいるのよ。」
少女は呑気な声で答えた。
「キャンプ？へえ。じゃあ君は誰と一緒にいるんだい？」
「一人よ。別に平気。私、もう大きいんだから。一人だって平気なんだから。」
得意げに顎を突き出して少女はようやく僕の方を向いた。おませな態度が少しおかしかった。
「一緒に遊ぼ！ほら！」
そう言って僕にボールを投げてよこしてきたので、しばらく僕らは少女のキャッチボールに付き合うことにした。ワーワーキャーキャー言いながら、少女は元気にあちこち走り回っている。上手にボールを受け取れた時など、歓声を上げて本当に楽しそうだ。
「こんな楽しいの、ひさしぶりなの！」
少女は、生き生きした調子で僕にそう叫んでよこした。
「毎日おじさんが遊んでくれたらいいのに。」
「君はいつもここに来ているの？」
この子はこうやっていつも一人ぼっちなのだろうか？不思議に思った僕はそう尋ねてみた。
「そうよ、たまに鳥やリスに餌をあげたりもするの。みんな私と友達なのよ。」
少女は濃い茶色の瞳で私を見つめてきた。
「ああ、きっとみんな君の友達なんだろうね。でも、本当に君は一人で毎日ここに来ているのかい？付き添いのおばさんなんかが一緒じゃないのかい？」
「平気よ。まだ明るいもの。それに今日は日曜日で宿題もないし。」
「そうだね、今日は日曜日だものね。」

けれど僕はまだ不思議に思い続けていた。そしてふと少女がさきほど口にした言葉を思い出し、聞いてみた。
「お父さんとお母さん、キャンプにいるんだって？どんなキャンプだい？」
「休暇村みたいな所らしいわ。私あんまり良く知らないの。パールビーチにいた頃からずっと会っていないんだもの。」
「パールビーチ？それはパールハーバーの事かい？」
その時僕ははっと思い出した。一九四一年十二月七日の真珠湾攻撃の後、数百人もの日系アメリカ人が強制収容所に入れられた事を何かの記事で読んだことがあったのだ。コロラド州にあるアマチは、たしかそういった収容所の一つだったはずだ。けれど、今年はもう一九四五年だ。どうも話しの辻褄が合わない。一体この少女は一人こんな場所で何をしているのだろう。両親が収容所にいたとしても、親戚か知人に預けられているはずではないだろうか。
「お嬢ちゃん、お名前は？」
「照美よ。」
「君は日本人だね？」
「分らない。父さんも母さんも、そのことはあまり話さなかったし、私のこと中国人だって皆に言っていたわ。おかしいと思わない？」
首をかしげ、子供や動物だけが見せる無邪気な仕草で照美は僕の顔を下から覗き込んでいる。
「そうだね、照美。君は日本人だと思うよ。」

けれど照美はそれに対して何も答えなかった。
「もう、帰らなくちゃ。」
照美は、不意に私の手を引いて公園の門がある方向へ歩き出した。

　　　少し歩いた所で、僕はもう一度照美に尋ねてみた。
「ねえ照美、君は誰か家族と一緒にいないのかい？従兄とか兄弟とか。一緒に遊んでくれる人はいないのかい？」
「この辺りにはだれもいないわ。母さんは姉さんのことよく話していたっけ。姉さん、海の向こうの戦争の所にいたの。どうなちゃったのか私、知らないし、それっきり母さんも父さんも教えてくれないの。私、まだ小さかったし、姉さんのこと何も覚えていないの。」
照美は事もなげに話し、心の痛みも傷も感じていないようだ。自分の事を過去形で語る照美の口調に違和感を抱いたものの、子供の言葉の拙さのせいだろうと聞き流した。
「姉さんね、音楽家だったと思うの。とっても上手な演奏家だったんじゃないかな。」
照美はそう付け加えた。
「何を演奏する人だったのかな。」
何となく、僕は照美がどう答えるか分っていた。
「ヴァイオリン。とっても上手かったのよ。」
「君のお姉さん・・・。その、死んでしまったのかい？」
僕は唾を飲み込みながらそっと尋ねてみた。
「知らないわ。父さんも母さんも、それっきり姉さんのこと話してくれなかったんだもの。」
この話はこれでおしまい、とでも言うように照美の口調はそっけなかった。
「どのくらい君はお父さんとお母さんと話しているの？」
「話したい時はいつでも話せるわ。」
「そうだよね。」
そうは言っても、仮に収容所に両親がいるのであれば、そう頻繁に連絡が取れるとは思えない。
「何といったのかな、その、君のお姉さんの名前・・・。」
「知らないわ。姉さん、そう言っていただけなんだもの。」
その話はもううんざりといった調子で照美は走り出した。
「ねえ、知ってる？」
「何をだい？」
子どもってやつは、全く疲れも悩みも無いかのようにどうしてこんなにも元気が良いのだろう。
「私ね、大きくなったら、おじさんみたいな人とまた遊ぶの！」
「同じ位の歳の子と遊ぶほうが楽しいだろ？」
「おじさんだって、同じ位の歳の仲良しがいないじゃないの。」
照美の言う通りだった。
「そんな友達いないじゃない・・・。みんないなくなったのよ。・・・。」
みんないなくなった？この子は何を言っているのだろう？

「きっとおじさんには、私みたいな小さな女の子の友達だって必要でしょ？」
大真面目な顔でそう言う小さな顔を見ていると、会ったばかりの少女に特別な思いを抱いている自分に気付いた。同情ではないが、照美が不憫でたまらなくなった。両親も遊び友達もいないこの少女は何て孤独なんだろう。
「私には誰もいないの・・・。でも、今はおじさんがいるわ！」
「そうか・・・。でもね、僕はここからうんと遠い所に住んでいてね、明日にはもう帰らなくてはならないんだ・・・。」
言いづらいことだが、明日この街を去る予定を変えることはできないし、照美の事が気になっても、所詮僕は赤の他人に過ぎないのだ。
「ふーん、そうなんだ・・・。」
照美はしばらくうつむいていたが、すぐに気を取り直して私を見上げると、楽しいことを思いついたようにこう言った。
「じゃあ私、おじさんにお手紙書くわ！私とっても上手なお手紙書けるんだから。」
「それはいいね。お嬢ちゃん、僕に手紙をくれるんだ。」
そして、ふと思いついて僕はこう付け加えた。
「僕も、お返事書いていいかな？」
「ううん、お返事なんていらないわ。おじさん、きっと忙しいでしょ？だからいいのよ。」
何気なく言っているけれど、この子は本当に僕に手紙なんて書いてよこしてくれるのだろうか。

「本当に、手紙、書いてくれる？」
僕は念を押すようにもう一度聞いてみた。
「うん、書くわよ。」
「じゃあ、僕の住所、教えるね。」
僕は名前と大学の住所が記された五線紙の切れ端を鞄から取り出し、照美に握らせた。
「手紙、待っているからね。本当だよ。」
照美は紙の切れ端を受け取ると、僕の名前と住所にしばらく見入っていた。それから突然駆け出し、近くのベンチに置かれた古くくたびれたナップザックにその紙片を大事そうにしまい込んだ。
「本当に書くわ。すぐに書くわよ！」
そういうと照美はまたボールを僕に投げてよこしてきた。キャッチボールというより、それは僕めがけてボールを投げつけているような勢いだった。僕は勢いのあるボールを何とか受け止めようと、横に大きく飛ばなければならなかったが、具合の悪い左手を彼女に見られまいと不自然な姿勢になり、ボールを受け損ねてしまった。
「左手のことなんか気にしなくてもいいのに。そんなの私、構いやしないわ。」
私を励ますようにそう言うと、照美は何もかもお見通しとでもいうような笑みを私に向けた。そして、突然何かにつき動かされたかのように、照美は駆け寄ってきて私に抱きついてきた。ぎゅっと少女の暖かさを感じたかと思うと、次の瞬間にはそれはすぐに僕の懐から離れ、照美はもう走り出していた。
「さよなら、私、もう行かなくちゃ。」

そう言って走りだした照美は突然ピタッと足をとめ、上空に嫌なものを見つけたように見上げていた。
「遊んでくれて、ありがとう。」
そういうと、僕に背を向けて小道を走りだし、すぐに見えなくなってしまった。照美の姿が見えなくなったと同時に、辺りには小鳥のさえずりや木々のざわめく音が戻ってきていた。

　　首にマフラーを巻き直すと、僕はゆっくり歩いてホテルに戻った。明日もう一度ここに来たら、照美に再び会えるのだろうか。そう心の中で呟きながら。

　　ホテルの部屋に戻ってからも、しばらくの間さきほど会った少女のことは僕の頭から離れなかった。照美との事をどんなに考えても、それが現実だったのか、あるいはただの幻想だったのか、全く訳が分らなくなっていた。それは、とてもややこしい未知の世界の出来事で、いくら考えても想像しても、分るはずのない事のように感じられた。

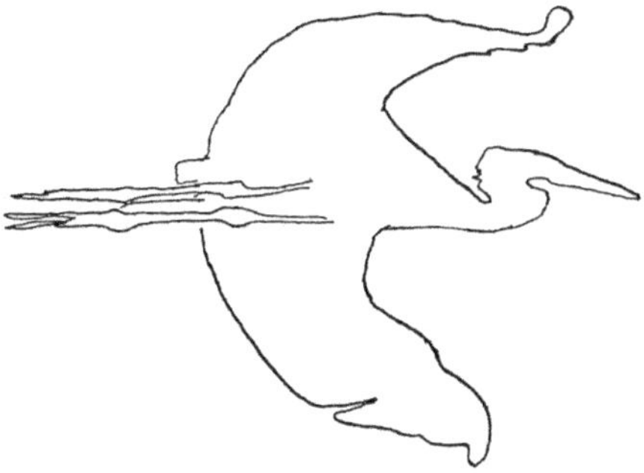

第九章

遠方の地、東欧とロシアのちょうど中間辺りに位置するどこかで、一人の年老いた画家がたたずみ、目の前に続く長い一本道を見やりながら考え事に耽っていた。老画家は、その才能を世に認められいくらかの名声も得てはいた。しかし、長年にわたる修行に見合う、そして彼の名を歴史に残すような、ただ一枚の傑作を未だ描くことができずにいた。

老画家の姿は、まるでアルプス山脈の登頂を目指す登山家であると言わんばかりだ。イーゼル、パレット、重そうな油彩絵具を一式、フランス製のチョーク、そして幾重にも布で巻いてあるおびただしい数の筆の束を背負い込む彼の背中は、その重みで一層深くうなだれていた。

冷え込み薄暗い冬の山道を、老画家はとぼとぼと一人歩いていた。背後には彼が住んでいる小さな村がうっすらと見える。村を後にして、老画家は山奥の洞窟に向かっているのだった。

この洞窟は数年前、老画家が森の中で一人孤独に逗留している際に偶然にも見つけたものだった。老画家は孤独を愛し、森の静寂だけが彼の心を慰めてくれる唯一の安らぎだった。村で耳にしていたあらゆる音は、彼にとっては耳障りなものでしかなく、それよりも小鳥のさえずりや滝や川の流れるせせらぎの音に包まれることを彼は好んだ。森の中にいる時だけ、老画家は平穏を取り戻し、穏やかに過去の出来事を思い返すことができるのだった。

　　老画家のこれまでの人生は淡々としたものだった。もともと物静かなため、彼の存在はかろうじて隣人が知る程度のものだった。彼は単調な隠遁生活を愛し、毎日をただ規則正しく過ごしてきた。老画家は自分だけの生活を快適に過ごしたいだけだったのだ。

　　長い年月、老画家は誰の手も煩わすことなく自分だけの生活を過ごしてきた。時にその世間離れした性格を非難されることもあったが、そんな事はお構い無しだった。日曜日の礼拝も、老画家はいつも遅れて到着し、入口近くの奥まった影でひっそりと祈りを捧げた。彼にとっての信仰とは、特別な力に対する畏敬の念というよりは、唯一村人との結び付きを保つための習慣に過ぎなかった。

　　そして季節が春から秋へ、冬から春へと変わりゆくのに応じて、彼の髪は同様にゆっくりと白く変色し、手は硬く荒れた皮で覆われ、顎髭はごつごつした岩のような姿へと変わっていった。身体が老いを重ねても、老画家の青い瞳だけは鋭く鮮明な輝きを留めている。まるで年輪を重ねた樫の木のように、老画家は自らの人生にしっかり根を張り、硬い楡の木の枝でできた杖をついてゆっくりと残りの人生を歩んでいた。快活で力強い脚力を失いはしたものの、それでも特別な日に親愛なる森へ出かけることだけはやめなかった。

この日もまた特別な日であり、老画家はいつものように長い道のりをゆっくりと時間をかけて森の奥へと歩いていた。村人たちは、もうじきに迫ったクリスマスの準備で忙しそうだ。こういう喧騒の時期の村は、老画家にとって最も居心地の悪い場所でしかなかった。老画家は今まで一度も村の祭り事に参加したことがなかったし、そういう時こそより村人から距離を置きたがり、数マイルの道のりを歩き森へ向かうのだった。その距離は雪遊びや杉の木を採りに行くようなピクニックにしては遠すぎる。彼の向かう洞窟は、それほど森の奥深くに位置しているのだ。老画家が苦労しながらも一歩一歩森へと分け入って行くと、ふとどこからともなく十二月の冷たい空気の中に、やや暖かい霧が立ち込め始めた。霧の中、幼友達と元気に走り回り遊んでいた小さい頃の思い出が、ふいに老画家の胸に去来していた。冷たい空気は彼の青い瞳の色を一層濃くし、その瞳の中には彼がかつて雪の中を走り回ったどこか遠くの地の景色と、雪原の中建つ暖かいコテージの風景を映し出していた。暖炉で薪がはじける音やキッチンから漏れてくるおいしそうな料理のにおい、それらは現実の世界で老画家の肩に積もる雪と同じくらいはっきりと、彼のまわりを漂っているようだった。
　老画家の瞳に映る思い出の情景に、一人の若い娘の姿が現れた。霧に濡れる髪の重さに凍える老画家の心は、娘の笑顔で暖められた。娘は彼に笑顔を向けながら楽しそうに笑い踊っている。娘は彼の手を取り、照れながら困惑する彼の周りをつま先立ちでくるくると器用に回るのだった。辺りにはいつのまにか芳しい花々の香りが立ち込めていた。そして、突然現れたかと思うとふと風にかき消される蝋燭の炎のように、その光景は突然老画家の瞳から消え、娘の姿も幽霊のようにぼんやりとおぼろげになり、そして消えていった。娘は老画家に向けて手招きしたかとおもうと次第に煙のように姿が薄れてゆき、最後にはすっかり消えてしまった。

　数時間後、打ち捨てられた山道のカーブを曲がりきると老画家はその先の大きな岩の上に一人の男が腰掛けているのを見つけた。孤独と瞑想の静寂が、突如現れた見知らぬ男に邪魔されたことに苛立ちながらも、老画家は素知らぬ振りをしたまま男の脇を通り過ぎようとした。若い男は膝の上で腕を組み、頭を垂れているので、音さえ立てなければ気付かれることは無さそうだった。しかし、老画家が丁度脇を通り過ぎる時、男は突然頭をもたげて声をかけてきたのだった。

「こんにちは、おじいさん。よければ少し足を休めてはいかがですか？」
そう言う男の声は疲れ果て、息をするのも億劫なようだった。突然の呼び止めに驚き、同時にこの侵入者の存在を快く思わない老画家は静かに答えた。
「一体何の用件だい、おまえさん。こんな山道で何をしているんだい？」
「おじいさん、私はあなたに折り入ってお願いがあるんだが。」
そう言う男の顔を改めて見直した老画家は、その男が 30 やそこらの若い旅行者らしく、そのぼさぼさで汚れた顔と身なりからは、彼が心底疲れきっているのを見て取った。
「私のような老いぼれが、何の助けになるものか。見たところ、お前さんはわしよりずっと若くたくましそうじゃないか。」
そう答えたものの、実際のところ若い男は随分と弱弱しくくたびれた様子だった。
「御覧の通り、私は年相応に丈夫ではありませんよ。おまけに片足が不自由ときている。」
そう言いながら男は、かつてはハンチング用のコートだったことを思わせる、薄汚れてボロボロになった上着の裾をまくってみせた。くるぶし辺りまで身体を覆うコートの下には、これまた古ぼけ着古された制服姿が見えた。自分の身なりのみすぼらしさを見せつける男はよろめき、老画家は彼の手を取り岩の上からよろめき落ちようとするのを支えた。

　　男と老画家は、何も言わずにただお互いの顔を見つめ合っていた。互いの顔の中に、何か懐かしさを探すように。
「私もね、杖にすっかり頼る生活なんですよ。」
男は再びよろめき、湿った雪に覆われる地面に横たえられている杖を足元から拾い上げた。
「おじいさん、よければ私を洞窟へ連れて行ってはもらえませんかね？」
男は老画家の腕を支えにして、杖を持ち直しながら尋ねてきた。
「洞窟？洞窟だって？」
老画家は驚いて男の質問を繰り返した。
「お前さん、一体何で洞窟の事を知っているんだい？」
「風の噂で聞いたまでですよ。どうしても、一度この目で見ておきたいんです。旅立つ前に。」
「しかし、それはわしだけの特別な場所なんじゃ。わし以外に誰一人として足を踏み入れた事のない、わしだけの場所なんじゃ。」
　　思い返してみると、早朝に村を後にした時から、老画家は良くない事が起るような胸騒ぎを感じていた。体中の骨がきしみしくしくと痛み、その痛みは老画家に何かを警告しているようだった。そして予感は的中したようだ。明らかに、老画家はこの見知らぬ突然の訪問者を拒絶していた。
「なんとかお願いできませんかね。道中ずっと静かに黙っていますから。あなたが一人静かに物思いに耽りたいのであれば、それを決して邪魔しませんから。私は、ただ洞窟を一目見たいだけなんです！」
熱心な頼みを断り切れず、老画家は結局この足の不自由な男の手を取り残りの山道を進むことにした。

　　　二人の旅人がよろよろとおぼつかない足取りで互いに支え合いながら山道を進み続けると、ようやく洞窟が道の先に現れた。景色は、遠方カルデラ湖から流れてくる湿った霧で覆われていた。上流から流れてくる小川のせせらぎの音も、洞窟の入り口にある小さな池に流れ込む頃には静まり、鏡のような水面は波一つ立てずに水をたたえていた。水面は光の加減で黒や緑に光りながら色を変え、静かにうごめいていた。
「ついに着いたぞ！」
若い男はそれまでの疲れを振り払うかのように大きな声で叫んだ。
「とうとう目的の洞窟にたどりついたぞ！想像通り、いや想像以上だ。何て美しいんだろう！おじいさん、あなたが一人占めしたくなる気持ちもよくわかる。それほどまでに美しい。」
「いかにも！」
老画家は答えた。
「分ってくれたのならば、どうか老いぼれの願いを聞き入れて、わしを一人にしてくれんかね。」
老画家の言葉に男が振り向く前に、突然彼らの背後の茂みががさがさと音を立て、二人はそちらに注意を向けた。
　　そこには、折れた大枝を抱え淋しそうに立ち尽くしている若い娘の姿があった。娘は二十歳くらいだろうか。何代にも渡って着古してきたような古ぼけたコートを羽織り、娘はただ立ち尽くしていた。両手は冷え切って青白く、足元には冬道を歩くには頼りなく破けてボロボロの靴が覗いていた。その姿は、冬の森の中で殊更寒々しく見えた。
「お前さん、一体どこから現れたんだい？」
老画家は娘に尋ねた。
「一体、何だってこんな山奥に一人でいらっしゃるんだい？」
「おじいさん、私、道に迷ってしまったようなんです。」
そう答える娘の声は、怯えと寒さで震えていた。
「山の中で迷ってしまって。よろしければご一緒させていただけませんか？たった一人で何処にいるかも分らなくなってしまって。私、ずっと一人ぼっちで歩き続けてきたものだから、怖くて。」
そう言いながら娘は老画家と男の方へゆっくりと近づいてきた。娘の姿をみて老画家はその顔がとても質素で華やぎがなく、奇妙な風貌をしているのに気付いた。一体どこがどうおかしいのかは分らないが、その奇妙で大きな傷のある鼻、生気の無い瞳、小さく結ばれた口元は、思わず老画家に目をそむけさせた。娘の怯えて助けを求めるような瞳は、同情心を煽ったが、それでも老画家は娘の無残に崩れた顔に不快感を抱かずにはいられなかった。
「そうは言われても、わしはここでしばらくひとりですごしたいのだよ。お前さん、そこにいる男と一緒にどこかに行ってきてはどうだい。わしが戻ってきてもいいと言うまで、とにかくしばらく一人にしてほしいんだが。」
男と娘が答える前に、老画家は黙り込んでふらふらと洞窟の方へ歩いて行ってしまった。

老画家は腰を下ろし、沼の向こう岸に見える背の高い石の壁をじっと見つめていた。若い頃の友人たちと過ごした思い出が再度老人の心を捉えていた。学生だった頃の光景がぼんやりとした影のように眼前に広がっていた。雷鳴と遥かかなたの海岸まで照らす光の中で、老画家の吐く息が白く浮き立っていた。巨大な機械の騒音、激しい爆発音、ドスンという重たい震動が老画家の身体を激しく揺り動かした。遠い過去と現在との間の不協和音が老画家の周囲から音という音を消し去り、そして辺りは静寂に包まれた。遠方の沼地から流れてくる霧が、静寂をより深いものにしていた。地面からは古ぼけたマスケット銃の残骸が、不似合いに突き出ている。それ以外は、ただ静寂があるのみだった。

　　記憶の中を彷徨いながら、老画家はふと背後から何かが近付いてくる気配を感じた。水辺の方向から彼に向かって何かが飛んできた。老画家が我に返り振り返って見ると、それは緑色の小さなボールだった。どこからともなく突然飛んできたボールを、老画家はとっさに手を伸ばして掴み取った。掌に収まった衝撃から察するに、柔らかな素材でできた何の変哲も無いボールだった。老画家はそのボールを手の中で転がしながら、一体それがどこから飛んできたものかと辺りを見回した。よくよく見てみると、ボールはとても年代物のように古ぼけおり、表面が剥げている部分もあった。
「不思議なことがあるものだ。」
老画家は呟いた。
「随分と古ぼけたボールだが、一体どこからやって来たものか。」
そう呟きながらボールを眺めていると、近くから老画家を呼ぶ声が聞こえてきた。
「おじいさん、どうかしたのかい？」
相変わらず疲れ果てやつれて見える若い男が老画家の方へ近寄ってきた。
「あら、おじいさん、それはボール？」
男の後ろから走り寄ってくる娘は、老画家の手の中に見えるボールが気になって仕方ないようだった。
「緑色のボールね。おじいさん、そのボール、一体どこで見つけたの？」

娘は老画家が口を開く前に続けた。
「分らないんじゃ。突然、どこからともなく飛んできおったのだが。」
怪訝そうに呟く老画家は、不思議そうにボールを見つめたままだ・。
「また一つ、おかしな侵入者が現れたようなものだな。」
そう言いながら、老画家はボールを沼の方へ放り投げようとした。
「待って！そのボール捨ててしまわないで。」
娘が悲鳴のような声をあげて老画家を止めに入った。
「一体どうしてこんな古ぼけたボールが欲しいんじゃ？」
「こんなボール、古ぼけて汚いし、使いものにならないじゃないか。」
「そんなことないわ。そのボール、まだ使えるわよ。私に渡してくださらない？」
娘の必死な様子に折れて、しぶしぶ老画家はボールを彼女の方に向かって放り投げてよこした。年老いた身体に、ボールを思い切り投げる仕草はきつく、節々が痛むだろうと予期していたが、何故か痛みは感じなかった。ボールは中空にアーチを描きながら、思いもよらないほど遠くまで飛んで行った。娘はボールを捕まえようと、大きく飛びあがり、何とか掴もうと必死で腕を空高く伸ばした。娘の纏う古ぼけたスカートも、彼女に合わせて軽やかに舞っていた。

　　娘は頭上高く伸ばした片方の手で、上手に

ボールをキャッチした。大きな声で楽しそうに笑いながら、今度は数ヤード離れた若い男の方を向いて言った。
「さあ、貴方の番よ、兵隊さん。受け取って！」
そう言うと、娘はあらん限りの力でボールを若い男に向かって放った。ボールは若い男の頭上を越えようとしたが、男は器用に身体を捻じ曲げて飛び上がりそれをキャッチした。握っていた杖は男の手を離地面に転がった。老画家はそれを見て思わず立ち上がり、よろめく男を支えようと身構えたが、その必要は無いようだった。
　長いコートをたなびかせながら、男は上手に緑の草の上に着地した。
「おじいさん、いきますよ！」
そう言いながら若い男は再度老画家へ向けて緑色のボールを放ってよこしてきた。しかし、ボールはまるで自分の意思を持っているかのように、あらぬ方向へと飛んで行こうとした。老画家が伸ばした腕の上をかすめ、ボールはさらに先の岩場に飛んで行った。岩から岩へと飛びはね、追いかける老画家を逃れボールは岩にぶつかりながら脇道を転がって行った。
　好き勝手な方向に転がる緑のボールを追いかける三人には、いつしか自然と笑みが溢れていた。その光景はまるで、スローモーションで進むバレエの一幕のように優雅で幸せに満ちていた。若い兵士からは足の不自由さが消え、元のたくましい足が彼の身体を楽々と動き回らせていた。娘の風貌もいつの間にか変わり、そこには血色が良く、若い美しさで光り輝く姿があった。身なりのみすぼらしささえ消え失せていた。老画家はもう老いぼれた老人ではなくなっていた。折れ曲がった足腰はまっすぐに伸び、腕を振り回すのも苦ではなくなっていた。三人はまるで踊っているかのように岩の間を飛びまわり、そこから疲れや老いは一切消えていた。

ボールは相変わらずあちらこちらへ飛びまわり、辺りにはいつしか小鳥の美しい歌声が聞こえていた。三人を取り巻くあらゆるものが、歓喜に包まれて踊っているようだった。

その日、洞窟はいつもの静寂とはうってかわって、喜びや笑い声の美しさで満ちていた。

ボールを追いかけて木立ちに分け入った老画家は、若い兵士と娘の笑い声を背後に聴いた。しかし、木立ちから戻ってみると、笑い声の余韻だけがかすかに残るだけで、二人の姿は見えなくなっていた。ボールはどこを探しても見つからなかった。茂みの中にも、岩陰にも、どこを探してもボールは出てこなかった。老画家はついにあきらめ、探すのをやめた。

ボールの探索を諦め洞窟に戻ってきた老画家は、立ち止り辺りを見回した。そこには再び静寂だけが佇んでいた。若い二人の姿はもうどこにもなかった。笑い声も消えていた。ついさっきまでの喜びや笑い声は、跡形もなく消え失せていた。小鳥の歌声すら途絶えていた。

老画家はそれでも辺りを見回し、大声で二人を呼んでみたが、どこからも返事は返ってこなかった。若い兵士と娘の痕跡はどこにも見当たらなく、辺りには木々の影が造り出す暗闇が広がり始めていた。

老画家はとうとう座り込み、洞窟の方をぼんやりと見つめていた。彼の息遣いは再び苦しげになり、足腰もしくしくと痛み始めた。杖をつかもうと腕を伸ばしてみたが、折れ曲がって伸びなくなった腕は杖を握る力さえ残していなかった。杖が無くてはそれ以上動くことはできそうになかった。

押し寄せる疲労感にたまらず、老画家は木の幹に背をあずけ目を閉じた。ちらほらと雪が舞い降り初めている。辺りはますます暗くなり、小鳥のさえずりは二度と聞こえてくることは無かった。

月日が過ぎ、重なり合った木の葉が風に吹かれた或る時、その下から半分土に覆われたキャンバスが現れた。キャンパスには、忘れがたい喜びや美しさが氷におおわれて眠っていたかのように、永遠に刻まれていた。

何年も後になって、その絵はセント・ピーターズバーグの美術館に飾られ、人々を魅了していた。絵の中では、老人が束の間見たあの美しい光景が永遠に刻まれていた。アジア系の面影を残す若い娘の指先には、緑色のボールが、時を越えて今にも絵の中から飛び出してきそうなほど生き生きと光り輝いていた。

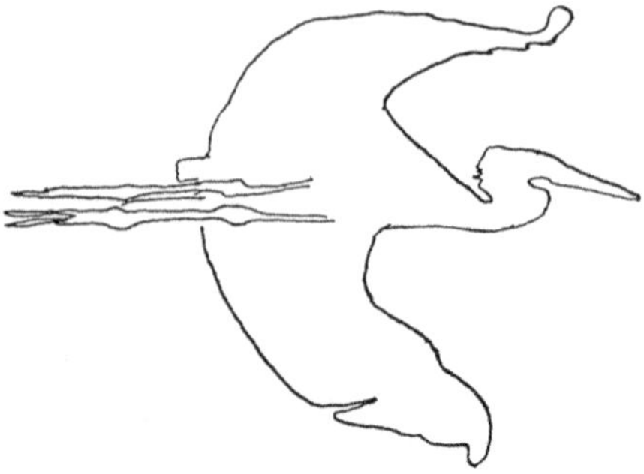

第十章

　その年、結局僕は貞子に会うこともなく夏を過ごしていたが、彼女の事は常に頭から離れなかった。快活な声、眼深にかぶったフードの奥できらきら光る彼女の茶色い瞳を僕は何度も思い返していた。今まで彼女と一緒に過ごした時間はほんのわずかに過ぎないし、どれだけ待っても彼女の姿を見かける事は無いまま、季節は変わろうとしていた。夏の影は次第に長くなり初め、少しずつ肌寒さを偲ばせながら九月が訪れようとしていた。空気の微妙な変化から夏の終わりが始まり、素晴らしい至福の時が静かに終わりを告げて、秋が始まり始めようとしていた。

　貞子のソナタはかなり進んでいたものの、第二楽章のアダージョは相変わらず未完成のまま、白紙の五線譜がピアノの上で変色し始めていた。

「もっと強い衝動、インスピレーションを見つけて、ソナタを完成しなければ。」

そう僕は自分に強く言い聞かせていた。けれど、どこにそのインスピレーションを求めればいいのだろうか？僕は試しにヴェートーベンやバルトークの偉大なソナタや四重奏のレコードを聴いてみた。アイブスの曲はその当時まだレコード化されていなかった。何度もそれらを聴いていると、今度はそういった曲の影響を受けすぎるのではと心配になり始めるだけで、手ごたえを感じることはなかった。ヴェートーベンもバルトークも、思ったほどは僕の全神経を震わせ、インスピレーションを沸き立たせてくれるほどの影響を与えてはくれなかったのだ。

　　シカゴの公園を散歩してみても、そこから何の芸術的刺激を得ることができなかった。実際、音楽的創造の源を得る場として、シカゴは僕にとって有害でマイナスの影響を与える場でしかなくなりつつあった。もう少し心安らぐ大自然を訪れたい、どこか遠くの懐かしい小道を歩いて、作曲に集中したい、そんな風に思い始めていた。

　　そこで、僕はニューイングランドへでかけてみることにした。そこへは以前にも何度か訪れたことがあったのだ。僕にとってニューイングランドは特別な場所だったのだ。そこほど、木々や垣根、ありとあらゆる形と雰囲気の調和が取れている場所は他に無いと思っていた。バーモントやニューハンプシャーの、人里離れた気持ちの良い田舎道を歩けば、僕が今求めている特別な雰囲気に浸れるような気がしたのだ。

　そう思うと居てもたってもいられなくなり、僕は出発の準備にとりかかった。九月の最終週の授業はレオンが引き受けてくれ、十月の初週は他の同僚が代行してくれることになった。移動には、僕の 37 年型のポンコツダッチで乗り切れる算段だった。ヒーターの機嫌を損ねず、雨さえ降らなければ。

気持の良い朝、僕はシカゴにしばしの別れを告げ、ポンコツで出発した。それは、身を切るように冷たい空気が濃い霧のように立ちこめ、秋の草を湿らす朝だった。希望と期待が急に胸に溢れて来て、僕はすぐにでも名曲を完成させることができるかのような気持ちでいっぱいになっていた。

一人きりのドライブはすこぶる快適で、ラジオからガタガタと音楽が聞こえてこない時には、僕は大声を張り上げて歌った。正確には、僕の旅路は一人ぼっちではなかった。助手席では、子猫のプリンセスが、専用のクッションの上で王侯貴族よろしく居眠りをしていた。道中プリンセスは始終おとなしく、申し分のない道連れだった。一本道を運転している時、僕は暖かくてふさふさの、絹のような身体をなでてやった。また、まがりくねった道に差し掛かると、でんぐり返るその姿がおかしくて、僕は何度も噴き出した。

そうこうしているうちに二日が経ち、ニューヨーク州の東部を通過して僕らはバーモント州にたどりついた。ちょうどいい具合に、早霜が降りる季節が到来し、木々の葉が美しく色付き始めていた。湿った朝もやが待ちくたびれた太陽にゆっくりと席を譲り、金色の朝日はアメリカヤマボウシの一団を照らし、優雅な楡の木立やイエローマスタードの一隊に降り注いでいる。セイヨウミザクラやゼラニウムは、枯れる前の最後の輝きを放ち、マリーゴールドはすでに季節を終えて土に帰ろうとしていた。ストローブマツの中に色付き始めた楓が混じり、ところどころでは、目にも鮮やかな青い菫がくすみの中で際立っていた。

　シャーロットから22号線を東南に走り、僕はバージェンス経由でミドルベリに向かっていた。フェリスバーグでは、一九一一年に建造された多角形の建物を見学し、バックウィート通りをぶらぶら散策してから、古い共同墓地を通過した。僕は道すがら、フェリスバークのロクビーの事を思い出していた。ロクビーは、ローランド・E・ロビンソンの故郷として知られている。彼はバーモントの産んだ十九世紀のイラストレーター兼執筆家だ。著名な名の影で、しかしながらロビンソンは隠遁生活を好む変わりものでもあった。彼に関しては色々な説が語り継がれている。雪靴とマスケット銃を担いで裏山に分け入った逸話、長い白ひげが朝もやに輝く威圧的な風貌など、人々の間で今でも語り草になっている地元の名士だった。

　ミドルベリ大学の古色蒼然とした大きなキャンパスを歩いていると、刈られたばかりの草と教員宿舎の煙突から立ち登るヒマラヤスギの煙とが混じり、懐かしい香気が辺りに立ち込めていた。僕は物珍しい眺めにいちいち足を止めては、それらを肌で感じていた。大切にしまいこみ過ぎて忘れかけていた思い出が再び新鮮に蘇ってくるのを感じた。幼い頃は、この裏道をかけずり回って過ごしたものだ。どっしりとしていて素朴なニューイングランは、その懐かしさで僕の心の隙間を埋めてくれるようだ。ここでは、時が止まっているかのようで、僕は昔と今を彷徨う心地よさに浸っていた。

　　物思いにふけりながら、ミドルベリ特有のオーク並木をぶらぶらしている時、僕は突然貞子の姿を見つけた。昔と変わらない景色の中で、彼女の姿もまた時の移ろいに関係なく、ずっと昔からそこにいるように景色に溶け込んでいた。貞子は、楡の老木の木陰であおむけに寝転がり、積んできた花々を見ているようだった。

「貞子、君だろ？間違いないよな？」

驚きでそう叫ぶ僕の声に気付いて、彼女はこちらの方を振り返った。

「ダンベリー先生！まあ、どうして？こちらにいらしてたんですか？」

そういって驚く彼女の瞳は、何故かすこし悲しそうだった。

「君の学校はここなのかい？そうか、どうりでシカゴでどんなに探しても君は見つからなかったはずだ！」

「私、しばらくここに滞在しているんです。ここは、とっても美しくて穏やかで。何でも落ち着いて考えられるんですもの。」

貞子は疲れているようで、この前会った時よりもさらにやつれ、そしてより一層大人びていた。クリスマスに初めて会った時もどこかしら生気のない顔つきだったが、その時は、僕はそれをイルミネーションの光の加減のせいにしていた。けれど、今こうして真近で彼女の顔を見てみると、それは、記憶の中の貞子よりもずっと儚げで、今にも壊れそうだった。唇だって、以前は生き生きと赤くつややかにひかっていたのに。彼女は隠していたが、手の甲の傷跡もより鮮明に見える。
「貞子、大丈夫かい？」
僕は彼女の姿に気が気ではなかった。
「ええ、先生。私はとっても元気よ。」
貞子は真面目な顔で答えた。
「けれど君の姿、とてもそうは見えないよ。顔色も良くないようだし、少しやつれたんじゃないのかい？」
僕は心底彼女が心配でならなかった。
「そんなことないわ。少しダイエットしたせいかしら。それに、最近少し忙しかったし。」
「忙しかったって、ヴァイオリンの練習かい？」
「ええ、少し根をつめすぎたのかしら。」
貞子はまた、夢でも見ているような遠い目をしていた。
「けれど手ごたえはあるの。充実しているわ。」
そう言うと、不意に僕の方をみて彼女は微笑んだ。
「先生の作曲に見合うように頑張ったのよ。」
「そうか・・・。で、今は何の曲に取り組んでいるんだい？」
「バルトークとヴェートーベンよ。両方とも先生のお気に入りでしょ？」
僕はその返答に少しがっかりしながら続けた。
「それから？それだけかい？」
「それから・・・。新しい曲にも取り組んでいるわ。きっと先生も喜んでくれる曲よ。」
そういって恥ずかしそうに彼女はうつむき加減に言った。
「さて、誰の曲でしょう？」
そういう彼女の声は少しうわずり、顔にはぱっと明るい笑気が浮かんでいた。
ちょうどその時だった。散歩に連れてきたプリンセスがどこからともなく飛び出してきたかと思うと、貞子の膝の上に飛び乗ったのだ。
「まあ。なんて小さくてかわいいお友達なんでしょう。本当にかわいいわ。」
プリンセスは貞子に抱きあげられても安心しきってごろごろと喉を鳴らしている。
「お名前は？」
「プリンセス。」
「プリンセス！プリンセス・秋ね！」
貞子がプリンセスに顔をすりよせると、ちっぽけで暖かいその小動物に突然生命力が吹きこまれ、冷えて華奢な身体に暖かな陽気が流れ込んだようだった。
「貞子、今週ちょっと時間あるかい？」
「今週？そうねえ・・・。」
貞子は少し考えてから答えた。
「今日は木曜日よね。明日の授業が終われば、月曜日までは個人練習の予定しかないはずだわ。でも、どうしてですか？」
そう言って僕の方を見上げた。
「実はさ・・・。」
僕は口ごもりながらも続けた。
「ニューハンプシャーまでドライブするつもりなんだけれど、よければ、プリンセスの他にも誰か道連れができたらいいなと思って。一緒にどうだろう。」
「まあ、先生！私、よろこんでお供させていただくわ！本当にいいのかしら！」
貞子は大喜びの様子で、それを見た僕はほっとした。
「良かった！それじゃ決まりだ。明日、迎えに行くよ。えーと、時間は何時がいいのかな？」
「四時でどうかしら？」
「場所は？寮？」
きっと彼女は違う場所を言うに違い無いと僕は思った。
「願掛け井戸があるでしょ、あそこあたりでどうかしら・・・。この道の途中にあるから、すぐに分るはずよ。」
そう答える貞子の声は、生き生きとしていた。
「ああ、その井戸のことなら知っているよ。それじゃあ、明日。」
僕はうれしさのあまり彼女に両手を伸ばし、なれなれしく彼女を抱き起こしてしまった。貞子は僕の腕にしっかりつかまって立ちあがると、握る手に力を込めて僕の方をみつめるのだ。僕はどうにかして左手だけでも彼女の身体から離そうとしたが、彼女はその左手もしっかり握って離してはくれなかった。
「会えて本当にうれしいわ、チャールズ。」
そう、いつもよりも親しげをこめて言ってくれる彼女の言葉に、僕の左手に対する嫌悪感はすっかり薄れてしまった。
「僕もだよ、貞子。」
貞子の周りにいつも取り巻いている時間の捩れに、僕自身も取り込まれたような気分になった。それは静かで永遠の平和に満ちた、何とも言えない「気」に満ちているようだった。やがて貞子は僕に背中を向けると、別れの言葉もなく足早に小道を去って行ってしまった。

僕はしばらくの間去ってゆく彼女の後姿を見つめながらその場の雰囲気に浸りきっていた。太陽はいつの間にか雲間にひそみ、プリンセスが僕の足元にすり寄ってきた感触で、ようやく僕は我に返ったのだった。

冬、森の中、ただ一人
木々にぶつかりながら　私は進む

ロバート・フロスト
『開拓地にて（In the Clearing）』

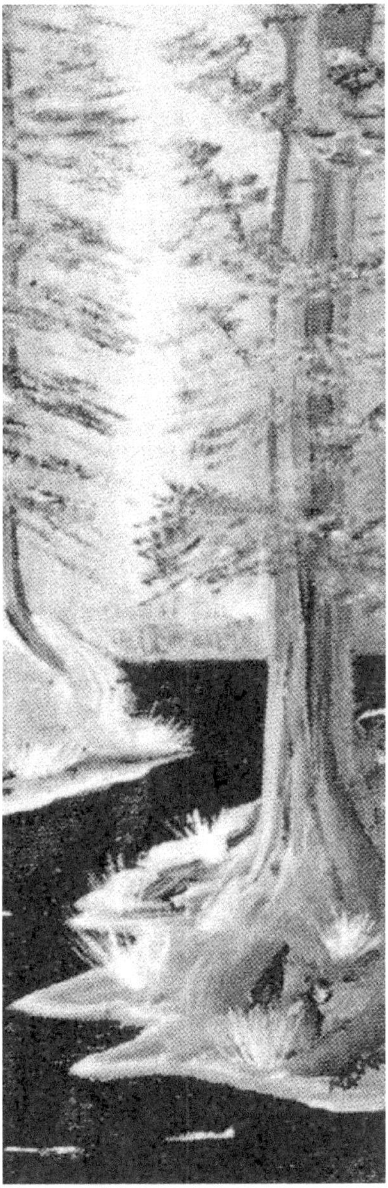

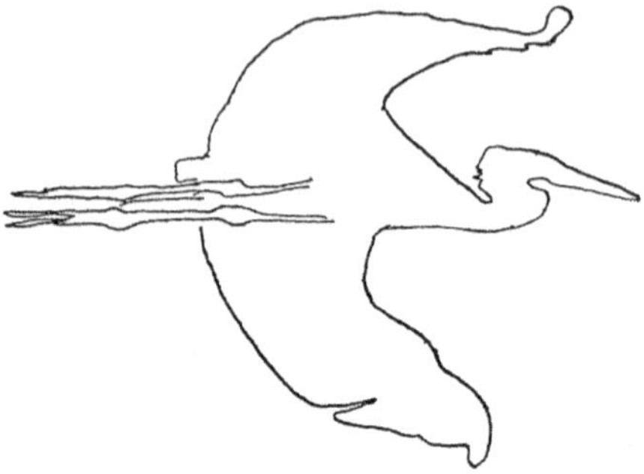

第十一章

　　翌日、僕らはうんと着込み、毛布を両ひざにかけて車に乗っていた。僕のポンコツ車は貞子の膝の腕で満足げに喉をならずプリンセスのごろごろという音に調子を合せるように、ゴトゴトと進んでいた。
「私、この辺りに知っている場所があるのよ、チャールズ。」
貞子は手袋をした手で私の腕につかまりながら静かに口を開いた。
「どこだい？」
「もう少し北の方だと思うわ。ここからそう遠くないはずよ。とても美しい場所なの。」
今日の貞子は、僕の思い過ごしだろうか、一段と儚げに見える。
「14 号線を北に向かうと、たしか湖が二つならんで見える素敵な場所があるはずなの。私、随分前に一度だけ行ったことがあるのよ。」
思い出すように、貞子はフロントがラズ越しにじっと外の景色を眺めていた。

「そこに行きたいのかい？」
僕は優しく彼女に聞いてみた。
「ええ、できることなら。いいかしら？」
貞子は静かな声で、けれど強くそう答えるのだった。
「もちろん、いいとも。」
僕は彼女の突然の提案に少し戸惑いながらもそう答えるだけにした。

その月曜日、14 号線を走るのは僕らの車だけだった。イーストモントピーリアを過ぎる頃、秋の紅葉は金、黄、オレンジ、赤に燃え立ち、陽を受けたアスファルトの道を色とりどりに染め上げていた。僕はその景色の中に、幸せだった子供時代の「友人」達をみつけていた。昔、お気に入りの木々に名前をつけて遊んだものだ。あれはバタースコッチツリーに、マーマレードツリー、ファイアーエンジンツリーにレインボーツリー、オールドラスティーツリーにラズベリーツリー、プラムジャムツリーなんていう木もあったっけ。そう名付けた「友人」たちはみな、葉っぱ一枚に至るまで昔のままの姿で僕を迎え入れてくれているようだった。

このような色調の豊かさ、変化に富んだ色合いが見られるのは、この国では北東部だけだろう。何度訪れても、この地は毎回決まって僕を色のスペクトルで迎え入れてくれる。そのたびに美と美とは感激し、昔のままの姿に息を呑むのだ。

けれど、大気中にはその場にそぐわない冷気も感じられた。僕はその冷気に一抹の不安を掻き立てられながら、先を急がなくてはと思った。それは、想像することも正視することも恐ろしい、不安で不吉な何かを僕に連想させてならなかったからだ。奇妙な詩の一節が、僕の心の中に何でも浮かんでは、僕の心をかき乱した。

私の心の奥深く　身も凍る寒さが
冬の到来を告げている
ここはなんて賑やかな野原だろう
深い雪の下
どんな草木が眠りについているのだろう

こどもらは、
草原を手に手を取って歩いたのだろうか
あの木陰で休んだのだろうか
なぜかれらは
虹色に輝くこの地を捨てて
彷徨っているのだろう

見よ、この森を、
我々が語らずにはいられない
この燦然たる輝きを
皆で歩いた
あの懐かしい小道には
もう戻れない

そんな詩の一節が、僕の心をかき乱しつづけたのだった。

僕たちはノースカレーの標識に従って、ケンツコーナーから北へ500キロすすみ、そこを左に折れてさらに 800 メートルほど進んだ。すると、忽然と息をのむほどの景色が眼前に広がっていた。それは、宝石をちりばめた鏡のように輝く、まぶしいほどの湖面だった。

貞子は僕の腕を再び強く握りしめた。

「すごい！」

僕は思わず叫んでいた。

「なんてすばらしい景色だろう！君が来たいと言ったのもうなずけるよ！」

僕は車を脇に寄せ、ゆっくりと湖に近づいて行った。

僕らはしばらく湖畔に腰をおろすことにした。ほとんど黒に近い緑色の、きらきら輝く湖面を、二人でただ静かに見つめていた。辺りには他の旅行者の姿もなく静まり返っており、アビの不気味な鳴き声だけが虚しく湖面をよぎっていた。

かすかなホルンの音色が
影になった湖を渡り聞こえてくる

C・E・アイブス、1906 年

「もうひとつ湖があるはずなのよ。」

声を落として貞子が言った。静寂をうちこわしたくなかったのだろうか、彼女の声は控めだった。

「どこにあるんだい？見えないけれど。」

「あるはずなのよ、チャールズ。この道をもう少し進むと、きっと見えてくるはずなの。」

そういう彼女に従い、僕らは再び車のエンジンをかけ。でこぼこ道をゆっくりと進むことにした。

2,300 メートル進んだ頃だろうか。深い木立を抜けると、そこには彼女の言う通り、一面に霧をたたえたネルソン池が姿を現した。先ほどのミラーレイクは壮観だったが、この池は打って変わって神秘的に澄み渡っていた。広い河口と入江が具合よく配置され、木々で覆われた小さな岬が、とがった指先のように少し付き出ていた。神々しいほどの光景だった。霧がうっすらと低く立ち込め、この世のものとは思えない光の帯が湖面に降り立っていた。水際には枯れ草が優雅でかぐわしい匂いをたたえていた。

僕らはとうとう探していた泉にたどりついたのだった。それはまさに、僕が、僕らが探し求めていた、インスピレーションそのものだったのだ。

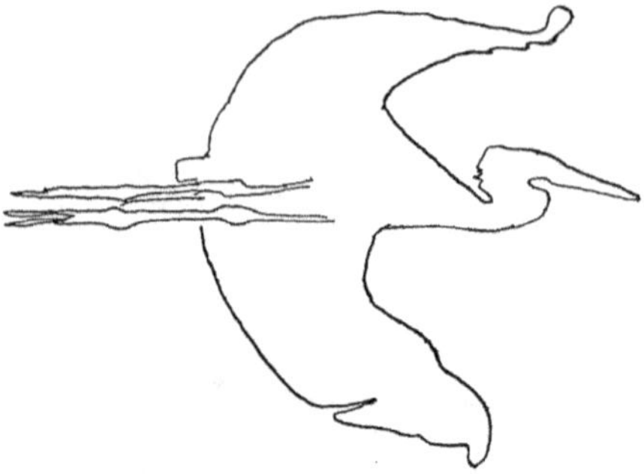

第十二章

　僕らは何時間も丘の上に座り、何事にも動じずそこに在り続ける湖の姿を、夢見るように眺めつづけていた。二人で今までの事をあれこれととりとめもなく話したが、お互い、明日のことには触れないでいた。シカゴでの最初の出会い、クリスマスのイルミネーション、蒸し暑いシカゴでの夏、そして、ヴァイオリンの事。

　そのうち、茶色と赤の斑点模様の蝶が、僕のそばを過ぎ、貞子の近くのピンクのクローバにとまった。貞子が指先で優しく蝶の羽をなでると、蝶は一瞬その羽を大きく開いたかとおもうと飛び立ち、僕らの頭上を旋回してから湖の向こう岸にみえなくなった。

「見て、チャールズ。なんて傷付きやすくてもろいんでしょう、蝶って。どうしてあんな美しい生き物が滅んだりするのかしら。」

「『滅びる』？どういうこと？」

「ピンで刺して標本にしたりする人もいるわ。蝶の命はとても短くて儚いものよね。それをなぜ人はさらに短く削り取るようなことをするんでしょう。人って、綺麗なものを壊さずにはいられないのかしら。」
「それが人間の性なのかもしれないね、貞子。弱くて無力なものほど、一番先に、一番深く傷つくものなのさ。蝶は、いつも死と隣り合わせだからこそ、自由で純真でいられるんじゃないのかな。」
　　しばらく貞子は何も言わず、プリンセスとどんぐりでじゃれあっていたが、突然僕の方を見て口を開いた。
「チャールズ？」
そう僕に声をかける彼女の姿は、儚げで美しく、黒髪と青白い肌は、プリンセスの毛並みと全く同じ色合いに見えた。
「アダージョ、出来上がるかしら？」
「うん、そんな気がする。」
「そうよね。完成が近いのね、きっと。」
「でも、君は、今すぐ完成した曲が必要なんじゃないのかい？」
「どういう意味？」
貞子は、僕の言っている意味が分らないとでもいうような顔をしていた。
「君も気付いているだろ？君の心に今よぎってこと、僕に話してくれないか？」
「何を言っているの？」
そういう貞子はとても落ち着かない様子だった。
「貞子、さっき僕らが話している時、今年のシカゴの八月は暑さが厳しかったって僕が話していた時、君は・・・。」

「何？」
「そう僕が話していたとき、君はすごくそわそわして、すぐに話題を変えようとしたじゃないか。何故なんだい？」
「私・・・わからないわ・・・。」
貞子の表情に、言いようのない恐怖が突然浮かび上がった。
「貞子、分っているんだろ？教えてくれよ。八月だとかシカゴだとか、僕が話した時、君は何かを思い出していた。ちょうど今のようにね。一体何があったんだい？どうしてそんなに震えているんだい？貞子、君は何をそんなに恐れているんだい？」
　　僕らはそれっきり黙り込んでしまった。貞子は身を寄せてきて、僕の肩に彼女の頭を持たれかけた。彼女の手は、僕の腕を痛いくらいにつかんでいた。ほどなくすると太陽が沈み、冷たい冷気が僕らの周りに忍び寄ってきた。

　　突然、貞子の身体がびくっと動いた。頭上では、雁が楔形をなして十月の厳しい冷気の中を南に向かって飛んでいくのが見える。その侘しい鳴き声に貞子は反応したようだった。それから彼女は大きく目を見開いてこう言った。
「千羽鶴！千鶴だわ！」
「ええ？」
「鶴よ！」

そう言うと、貞子は急に立ち上がった。
「いいや、あれは雁の群れだよ。白雁が越冬のために南に向かっているんだよ。」
「いいえ、あれは鶴よ！」
貞子は確かめるようにもう一度言った。
「千羽の鶴だわ！」
そう言うと、彼女は声を押し殺して泣きだしたのだ。
「私、とっても怖いの。早すぎるわ。いいえ、遅すぎたのよ・・・。」
「早すぎるって？どういう意味なんだい？貞子、一体どうしたっていうんだ？」
「分らないの。恐ろしい嵐が来るわ。だんだん近づいてきているの。大きな海が煮えたぎっているわ。目が見えるの、恐怖に満ちた目がいくつもよ。何かが燃えているわ！熱風が木々を引き裂いているわ！建物も人も何もかもがめちゃくちゃよ！それに、ああ、子供よ！かわいそうに、小さい子供たちが泣き叫んで走り回っているのよ！みんな母親をさがしているの！ああ、でもお母さんがいないのよ！・・・煙よ、煙が立ち込めているわ！着物が燃えているの。焼け爛れた地面も何もかも、区別がつかないのよ！ああ、なんて恐ろしいんでしょう。もうおしまいだわ！何てあり様なの！荒れ果ててしまって何も見えないわ！」
貞子は恐怖に怯え、僕を見る瞳は豹に追い詰められて逃げ場を失った小鹿のようだった。
「貞子、どうしたっていうんだ！何がそんなに怖いんだい？話してくれよ。僕は君を助けたいんだ！」

　雁の群れが行ってしまうと、貞子は次第に自分を取り戻し、息遣いも落ち付きはじめたようだった。そして、しまいには安らかな眠りに落ちてしまった。

　帰り道、僕らはただ黙ったまま車を走らせていた。貞子は僕の肩に頭を預け、僕の腕を抱え込むようにしていた。プリンセスは、貞子の膝の上で丸くなって喉をゴロゴロとならしていた。その音だけが、疲れ切った僕らをなごませてくれているようだった。

寒々しさが時より押し寄せる・・・
そして容赦なく居座るのだ
不毛の丘の上に

ソーロー

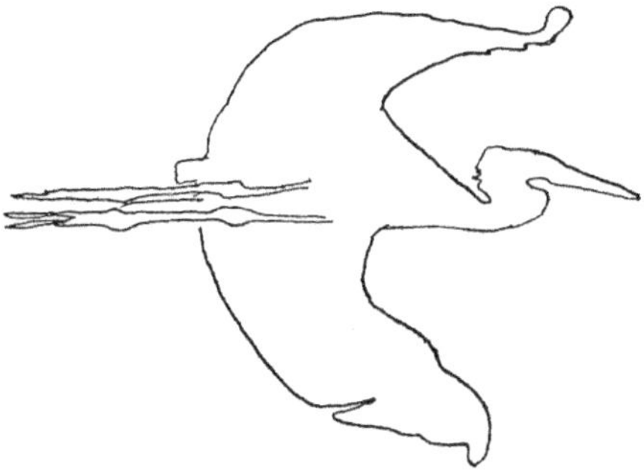

第十三章

　次の朝ミドルベリで貞子と別れる際、僕はまたしばらく彼女に会えないことを悟っていた。貞子は僕に連絡先を教えようともしなかった。貞子の方から、ソナタの公演前に僕に連絡をしてくるという約束だけはした。十二月の公演は随分先のことじゃないかと内心不満だったが、僕は承諾するしかなかった。

　十一月、十二月はコンサートのリハーサルに明け暮れていた。最後まで悩み続けた第二楽章のアダージョがやっと書きあがったところだった。第一主題はあまりに壮大な出来栄えで迫力もあり、一丁のヴァイオリンでは表現に限界がありそうだった。そこで僕は二丁のヴァイオリンでその複雑さを表現することにした。それは先例のない取り組みだったが、僕はアイブスの事を思い大胆な決断をしたのだった。彼だったらきっと批判なんて笑い飛ばしたことだろうから。第二楽章から、アレグロ・モルトの最終楽章までは、ありったけの力で二丁のヴァイオリンを極限まで歌わせ、オーケストラと渡り合わせることにした。抑制された耳に残る第二楽章から、一気に色々な調べがほとばしり、荒れ狂いながら最終楽章へと向かいフーガが渦を巻いて進んでゆくのだ。

そう決めてしまうと、その後の作曲は実にスムーズに進んだ。ほどなくして第一回目のリハーサルの予定が組まれるまでは、あっという間だった。ジョン・マロリーが第一ヴァイオリン、彼の一番弟子であるロリー・ディナティーが第二ヴァイオリン奏者と決まった。すべてがうまく進み、大学の長老たちですらその出来栄えに関心しているようだった。

けれど、リハーサルの後の反省会の間、僕は何故だかすっと喪失感にとらわれていた。指揮をとってくれたレオンを中心に、音楽家たちが頭を寄せ合い何やかにやと議論している間、僕はそれをよそ眼に貞子の事だけを想っていた。何故だろう。僕の心はどうしようもなく乱れていた。

灰色の大きな鳥がその羽で影をつくっているような、陰鬱で不安な気分が僕の心を支配していた。その間、生き物という生き物が息絶えた凍れる沼の幻想が僕の心に浮かんでいた。空には大きな雷曇が不気味に垂れ込め、アビの陰鬱な鳴き声だけが耳についてはなれなかった。

幻想はすぐに消えるのだが、僕はそのたびに何か良くないことが起る前触れを感じて、理由もなく喪失感と悲しみにとらわれていた。

　　　コンサートの夜はすぐにやってきた。僕は部屋で留守番をするプリンセスのために、餌とミルクの準備をしていた。プリンセスはうれしそうにとことこ僕のあとをついてきて、ドアの所まで送ってくれた。歩くたびに、プリンセスの首に付けられた小さな鈴が音を鳴らしていた。

　　　「何だろう」

僕はその鈴の音色にその時初めて気付いた。バーモントのグラフトンという小さな村の売店で、貞子がその鈴をプリンセスに買ってくれたのを、それまで僕はすっかり忘れていたのだった。その鈴をプリンセスの首にゆわえながら、彼女が何かを言っていたのを、不意に思い出したのだ。

「さあ、プリンセス、鈴子。おまえはもう私の事を忘れられなくなるわね。あなたのパパもよ。だって、あなたが走ったりじゃれたりするたびにこの鈴が音を鳴らして嫌でも私の事を思い出させてくれるでしょうからね。」

そしてリンリンとなる鈴の音に合わせて、貞子は笑っていた。

　　　コンサートホールに到着すると、ちょうど雪が降り始めてきた。けれど、空気はまだ冷たく差し込むほどには冷え切っていなかった。

　　　初めにレオンに挨拶をしようと僕が脇のドアから客席に入ろうとした時だった。地下室の度かから、何故か蒸気が漏れていた。

「やあ、チャールズ。」

レオンは僕の手を握ってそう言った。
「いい知らせだよ、チャールズ。ゴールドスミスが演奏を聞きに来ているそうだよ！君のソナタの出来ばえをききつけて、興味をもったらしいぞ。」
「ゴールドスミス？そりゃすごいや。上等の批判が期待できるな。それはそうとレオン、地下室から蒸気が出ているようだけれど、どうかしたのか？」
「何でも無いと思うが・・・。確か、暖房の調子が少しおかしいとかで、係の者たちが階下で騒いでいたな。なに、心配ないさ。すぐに収まるさ。」
「そうか、ならいいんだがな。」
そう言ったものの、僕の心の片隅では何かの予感がひっそりと頭をのぞかせていた。

　　第一楽章の出来は成功と言ってよく、僕が舞台のそでから鑑賞していると、ゴールドスミスが最前列で面白いものでもみるかのように身を乗り出してほほえんでいるのがうかがえた。かれは一心に演奏に耳をかたむけているようだった。

　　第一ヴァイオリンの、長く弧を引くような心に染み入るカデンツァから、演奏が第二楽章に移ろうとするその時だった。かびくさい蒸気が辺りにたちこめているようだった。鼻を刺す嫌な匂い。背後からすり寄ってくるような感じがして、ぼくは辺りを見回した。けれど、不思議な事にどこにも煙は見えなかった。その時、楽屋の副管理人が異常を察知したように席を立ち、後ろのドアから出て行った。

　第二ヴァイオリンが立ち上がりマロリーの演奏に加わると、ゴールドスミスの顔つきが厳しくなったようだった。この曲の最大の見せ場、二重奏が始まったのだ。背後からオーケストラの音が波のように押し寄せるその中心で、二丁のヴァイオリンは天にまで届かんばかりの迫力で歌い上げる。途方もないテーマ、燃え上がるような壮大な哀歌が最高潮に達する頃には、ゴールドスミスは目を光らせて音に魅入っているようだった。

　そのまま休止することなく、アダージョはアレグロへとなだれ込んでゆく。これは一般的な音楽作法からは反しており、学術的見解からすればあってはならない展開とも言えた。ところが、それが今、一つの音楽となってここに奏でられているのだ。オーケストラと二丁のヴァイオリンは、絡み合ったまま息をつく間もなく最終章へと突き進んでゆく。

　ゴールドスミスは背筋を伸ばして固まっていた。かれは大柄とも言える人相で、がっちりした手は膝の上で硬く結ばれていた。一心に演奏に聴き入っているようだった。その表情は、まるで金縛りにでもあったかのようにこわばっていた。僕はかれのそんな表情を自分の心に刻みつけた。

　最後のスケルツォが始まる頃だった。煙が床を這って広がるのをかんじた。するとすぐに、客席の前方からひそひそとざわめき声が広がり、客たちが暗闇からステージを指さしている。その時だった。金管のセクションの背後から煙が噴き出したかと思うと、どこから叫び声が聞こえた。

オーケストラの大半は客席の側をむいているので、煙には気付いていないようだ。演奏はそのまま続いていた。

突然、大爆発が起こり、僕は何が起こったか分らないままに壁に叩きつけられ、一瞬のうちに気を失ってしまった。気がつくと、目の前には混乱で常軌を逸する人々が見えた。ホールには煙と炎が充満し、観客も演奏家も右往左往している。煙が立ち込めて息ができなかった。空気をもとめて、客席では横たわる人々の姿さえみられた。

僕は倒れてきた二本の梁の間から抜け出そうと、必死にもがいていた。すると、蒼然とする混乱のなかから突然、あの旋律が聞こえてきたのだ。その音色は信じられないほど軽快で、これ以上ないほど透き通ったものだった。あの寒い日に、音楽棟の窓辺から聞こえた、あの旋律と全く同じ音色だった。僕は痛みをこらえ身をよじると、誰かがゴールドスミスを出口に先導しているのが丁度目に入った。ところが彼は立ち止り、ステージをふりむいたままその場に立ちすくんでいるようだった。煙の渦の中から、彼にもあの旋律が聞こえているに違いない。ヴァイオリンの名手が奏でる、舞い上がるような歓喜の音色が、一瞬天才音楽批評家の心をとらえたのだった。

彼が立ち止っていたのはほんの一瞬だった。

その後ゴールドスミスはパニックとなった観客の波に飲み込まれ。乱暴にドアの外に押し出さされてしまった。

　　僕はというと、だれかの腕にぐいっと引っ張られたかと思うと楽屋のドアの方へ押しやられた。また他の誰かが僕の手をひっつかみ、冷たくて新鮮な空気の方へ僕の身体を引っ張ってゆくのだ。脱出の間、もうろうとした意識の中で、僕はもう一度だけホールの中に広がる地獄のような状況を目にとらえた。それはぞっとするような光景だった。しかし、僕にはみえたのだ。見えたと思うのだ・あの青白い顔、茶色い瞳、引き裂かれすすにまみれた制服のスカート。それは貞子の姿だった。彼女は火傷の痕のある手をこちらにさしのべているようだった。しかし、それは助けを求めているのではなく、まるでお別れを言っているかのようだった。

　　それから、貞子はまるで別人のような古めかしい口調で、僕にこう語った。

Il mare,
il porto—tutto e finito.

あの海、あの港・・・
全ては終わったのだ

Ah, non piangere.

おお、泣くなかれ

A te I rai degli astir d'or…
汝の上に黄金の星が輝いているではないか

Mio name é non Dolore—ma Gioia!!"

我が名は、歓喜なり

貞子は渦巻く煙の向こうを向いていた。

空が笑っている・・・
ああ、晴れ渡った夜空よ
おびただしい星のまばたきよ！

そして僕のほうをもう一度振り返った。
「終わったわ、チャールズ。私たちは一つの炎からまた蘇るのよ。それぞれの運命に従い、別々に進まなくてはならないの。さようなら！」
そして貞子は今度は客席の方を向き、悲しげに、けれど輝くような笑顔で言うのだった。

さあ、死よ！
我はここにあらん
我は成し遂げた
いざ行かん

僕が動こうとすると、貞子の姿はまるで半透明の霞のようになり、その形と輪郭は崩れゆっくりとぼやけてゆき、あっという間に厚い壁となった炎の中、崩れ落ちた大梁とコンクリートの向こう側に消えていった。

辺りは身の毛のよだつような
大牢獄と化していた
炎に包まれた巨大な灼熱地獄
けれどその炎に光は無く
ただ、目には暗闇が見えるだけ

ミルトン『失楽園』第一巻

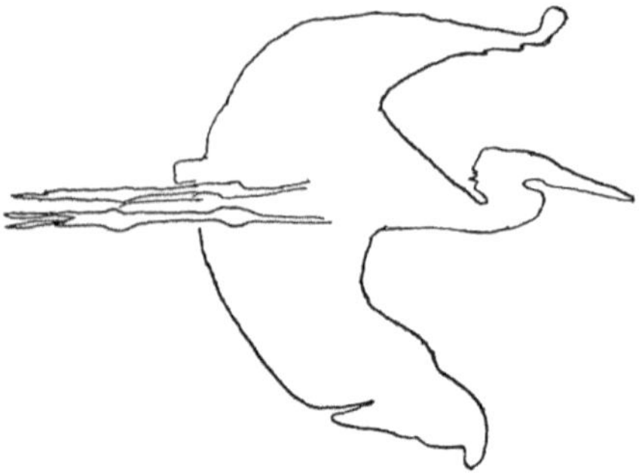

第十四章

暮れゆく陽の光の中、谷間では小さな少女が玩具のボールを小脇に抱えてしゃんと背筋を伸ばして立っていた。その姿は、一人ぼっちではかなげだった。ぼろぼろになって薄汚れたハイソックスは、はき古されて穴があいているようだ。青いスカートは汚れており、麦わら帽子のリボンは破れて揺れていた。ブラウスの襟に刺しゅうされた色鮮やかな蝶の柄も褪せて見える。

その少女は、灰色に聳え立つ壁をじっと見つめていた。壁は空にぬっと突き出している。この静かな森の谷間にはそぐわない光景だった。照美、和子、あるいは愛子だろうか。その少女は、ただひそやかに立ちつくし、壁に見入っている。彼女には、その巨大な一枚岩の壁に刻まれた。見慣れない異国の言葉や十万一千六百九十三人の名前が読めるはずもない。

その向こうに広がる済んだ空とまたたく星に目を向けると、少女は一瞬ぴくっとし、大声でこう言うのだ。

「死よ、どうか、待ってください。
どうか、もうしばらく・・・」

聞こえてくるのは、風の吹く音だけだった。茶色く伸びて感想した草の海を舞う風の、ヒューヒューと吹きすさむ音だけ。鳥の声は聞こえなかった。花々はかさかさに枯れ果てて崩れ落ち、わずかに残った花弁は白く粉をふき、それら残骸は容赦の無い風に吹かれて散っていた。

照美の肌はまだらで、癒えることの無い紫色のじくじくする爛れで覆われていた。兄弟姉妹、父や母、全ての命を奪った原爆症で、照美自身の身体も朽ち果てようとしているのだ。

暗くて冷たい天は、地上のあらゆる音と光、色という色や活気を奪い取り、この惑星を、ただ軌道を回るだけの大きな石ころに変えてしまった。照美は、消えることなく襲ってくる痛みにじっとたえて、何かを待っている。・・・その姿は、ちっぽけでみじめで、もの言わぬ天使のようだ。彼女はついには苦悩に満ちた地上から解き放たれて天に昇り、永遠に清らかで汚れのないものになるのだろう・・・。

荒れ狂う海に漕ぎ出した
どうやってここにきたのか
誰にもわからない
船は　燃え盛る岸辺を離れ
そうしてずっと漂っていた
聖なる海を渡ることができない
貴方にあうまでは
ああ、ついにひざまづき
あなたを見つめる

それから

何年かのち、再び冬の寒さが訪れ大都市シカゴが霧に包まれたざわめきを満たし始めた頃、ある歳を重ねた音楽教授が懐かしい東部の小道にたたずんでいた。彼は、何かにひきよせられるように、そこを再び訪れていたのだ。

あの、二つならんだ湖へ続く入りくんだ道を、教授は一歩一歩踏みしめて進んでゆく。ブーツの下では、枯れ葉がガサガサと音をたて、時折枝がぽきんと折れる音がする。小川はよどみなくながれ、辺りの景色は昔と寸分変わりないようだった。

けれど、昔あったはずの虹色の葉はどこにも見つけられず、辺りには茶色く枯れた枝だけがうっそうとしげっていた。カラフルな木々の衣装は強風でふきとばされ、裸にされた木々にはもはや新芽を出す気力すらのこっていないかのようだった。以前は纏っていたはずの、黄色の王冠も緑色のマントも、木々という木々から消え失せていた。

昔の面影は消え失せ、あとにはただ、凍える大地と木々だけがかろうじて姿を残していた。東の間差し込んだ光、平和な時代を思い出させる名残。それは今となっては陰鬱ですらある。楽しくて忘れがたい過去と混じって不明瞭になってしまったが、それらのイメージはかろうじて未来と過去とをつなぎとめている。まるで、不毛のエピソードの数々が沈黙を貫いているように。

プリンセスが足元をじゃれたとしても、彼女の首元から鈴の音が聞こえることはもう無くなっていた。懐かしい婉曲した小道を進むたびに、木立の影に貞子の姿を探してしまうが、そんな期待は無駄だということはよくわかっていた。

二つの湖だけは、以前と何も変わらずそこにあった。暗く物悲しい雰囲気が少し強まったようにも感じられるが、それらは有るべき場所で過ぎゆく時間の流れを、何も変わらずただ規則通りに過ぎやってきたのだろう。それらは超然とそして穏やかに、それぞれの役割を果たし続けているのだった。ただ、そこに在り続けるという役割。

アビの侘しい鳴き声も、昔と変わらないものの一つだった。その音色は、森の中を這いまわり無秩序に伸び放題の木々の枝の間を渡って、くっきりと黒い湖面にこだましていた。チャールズは腰を下ろしてしばしその音色に耳を傾け、辺りを眺めながら考えに耽っていた。

そこに突然、あの時の蝶が現れた。バレリーナがつま先立ちで器用にくるくると回転するように、対岸から彼の方にゆらゆらと近づいてくるのだった。その姿はぼやけて不鮮明なうえ、ちっぽけで、見過ごしてもおかしくないほど可憐だった。周囲の景色に対して、その清らかさは、まるでその蝶が、足を踏み入れてはいけない不気味な極寒の地に迷い込んでしまった旅人の化身のようであった。たしかに、夏であるにも関わらずその周辺は、まるで感覚が麻痺してしまうほどの寒さに覆われていたのだ。蝶はその中で必死に中空を渡ってきた。
それでも、この蝶は、変わりゆく時間のなかで、二つの湖同様、すっとここに在り続けていたかのように、景色の一部と化していた。ティツィアーノの金色の羽をばたつかせて、なんとかして湖面を渡り切ろうとしている。
チャールズは、どうにかして進んでゆく蝶の飛行を、身じろぎもせず目で追っていた。その時、忘れられずにいる過去の記憶に手足の自由を奪われ、彼は根が生えたように動けなくなっていたのだった。その姿は、人というよりは、周囲の木に近いものがあった。
すると、蝶がチャールズの方に進路を変えて近づいてきた。蝶は、用心深く彼の周りをゆっくり、ふらふらとしながら旋回した。・・・1周、2周、そして3周・・・。それから、蝶の方に差し出されたねじ曲がった方の彼の腕の先にゆっくりと着地し、しばらくそこで羽を休めているようだった。
チャールズと蝶のシルエットは一体となり、落ちかけた陽の光を受けてくっきりと地面に影を落としていた。チャールズの姿はまるで古びた石像のようで、その周りを飛びまわる蝶が、点を指すように掲げられた石像の、ねじ曲がった腕の先に止まっているのだった。そのコントラストはまるで、プロメーテウスの再現しているようでもあった。蝶はプロメーテウスが盗んだ天上の炎の化身、そしてこの上なく美しい花が地上で用いる仮の姿であった。蝶は、疲れきってへとへとの魂に生命を吹き込み、それを再生させる力をもっているのであった。

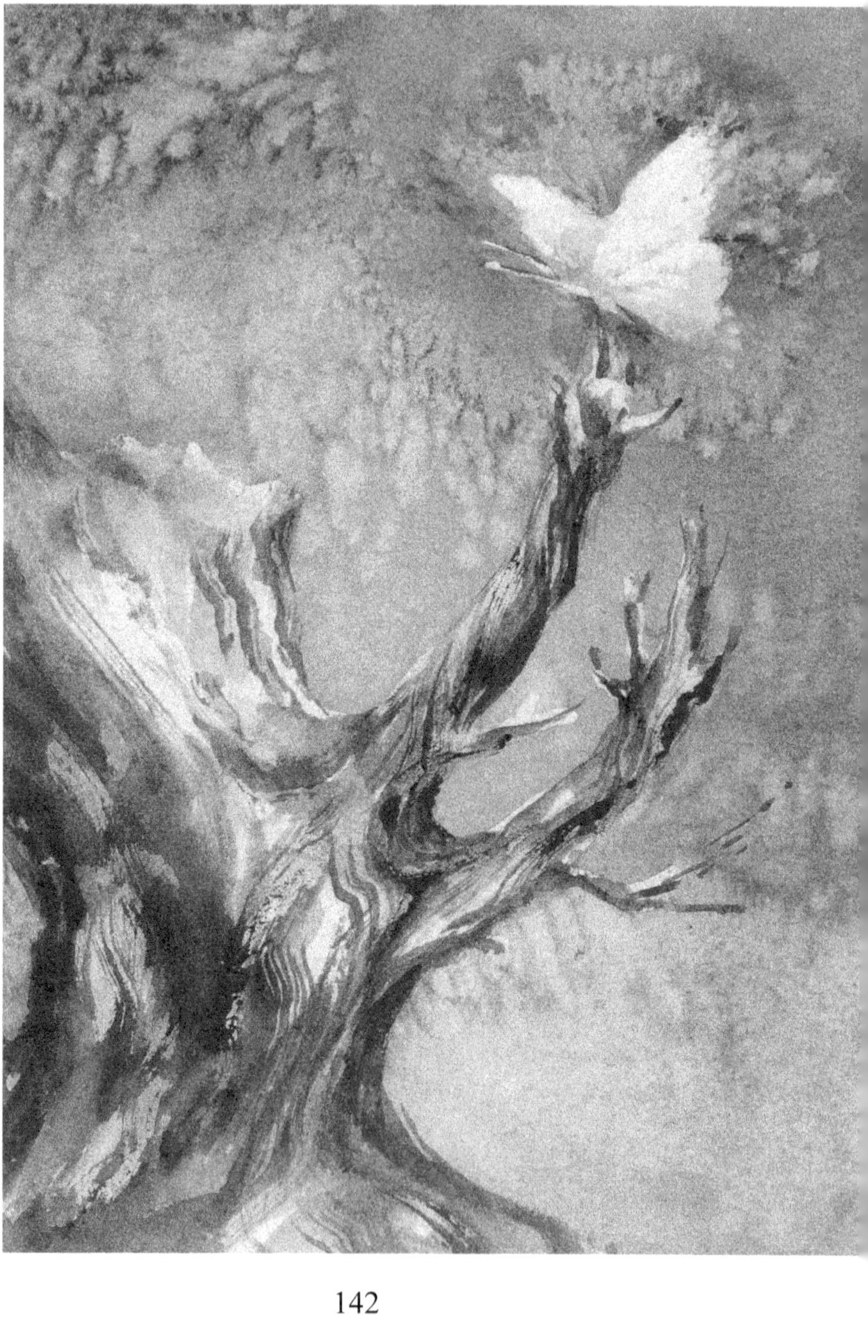

おわりに

C・E・ダンベリーの覚書から、以下を抜粋する。

一九四八年のクリスマスの時期、僕は古い手帳を数冊ならべて、ぱらぱらとそれらのページを眺めていた。手帳は日記も兼ねており、何か重大な事が起こるたびにその手帳に書きつける事が僕の習慣になっていたのだ。

一九四五年の夏の時期のページを眺めていると、当時の記憶に残る最も重大な出来事を記す、ある書付を僕は見つけた。それは二つの日付を記したものだった。

一九四五年八月六日――広島に原爆投下
一九四五年八月九日――長崎に原爆投下

それは、僕のソナタが世に出てから何年もしない頃の出来事だったか、とある雑誌の記事が僕の目にとまった。それは、とても人間味あふれる、けれど小さな記事だったとおもう。

「本日、広島に原爆が投下されてから十年を経た今日、Y・貞子が白血病――多量の放射能物質を浴びたことによる後遺症――により亡くなった。十二歳だった。原爆が投下されたのは、彼女が未だ二歳の時であった。貞子の病状の悪化を知ったクラスメートは、すぐさま彼女のために千羽鶴の作成に取り掛かったという。日本では、折り紙で千羽の鶴を折ると願が叶うと言い伝えられているからだ。所が、鶴が千羽にならないうちに、一九五五年十月二十五日、幼い貞子は永遠の眠りに着いた。」

待ち望まれた生　　そして死の定め
いのちの始まりから　息を引き取る
その最後の瞬間まで
私は時という名の海から現れ出で
しかし土に還り　そして灰へと
戻る定め
もしも私が
死のために産まれ出でたのならば
友よ
私の最後の願いを叶えておくれ

そして走り書きの最後には、無造作に折りたたまれたセピア色の手紙が、破れかけた異国の封筒から、今にも零れ落ちてしまいそうに留められていた。

——ダンベリーせんせいへ

このまえは、わたしとあそんでくれてどうもありがとう。わたしはいま、とうさんやかあさんといっしょに、おうちにもどっています。ねえさんもいっしょです。ねえさんが「せんせいによろしく」、ですって。
　おへんじはかいていただかなくてもだいじょうぶです。みんなわかっているから・・

照美より

九十年ほど昔、それは一九〇四年から一九〇六年頃のことだったと思う。東洋と西洋に関わるドラマが、その頃につくられた。プッチーニ作『蝶々夫人』は、日本の長崎を舞台にした演劇であり、その初演は長崎で行われた

用語解説

愛子・・・愛
暁美・・・夜明け、朝
秋・・・季節の秋
千鶴・・・千羽の鶴
和子・・・平和の子
貞子・・・誠実な子
千羽鶴・・・千羽の鶴
鈴子・・・小さな丸い鈴
照美・・・発光、美
鶴子・・・鶴

あとがき

　一九九七年十月五日、日曜日、私は休暇を取りニューイングランドを訪れていた。例年と変わらず、十月の色彩は鮮やかだった。私は入念に旅程を組み、この本で描かれている教授と貞子のドライブの行程を実際に辿る予定でいたのだ。風通しを良くするために後部座席の窓を全開にして、私はミラーレイクとネルソン・ポンドのある辺り（その姿は記憶の中でさえも神秘的で美しい）にまでやってきていた。その時、美しい白い蝶が開け放たれた窓から迷い込み、後部座席の天井の辺りを羽ばたいていた。蝶は必死に車の外へ逃れようとするが、それができずにいるようだった。私は車を止め、不安定にヒラヒラと舞うその蝶の姿をしばし眺めていた。その時、私は『千鶴』のある一節の場面を思い出していた。それはダンベリーと貞子がネルソン・ポンドのほとりに腰かけていた時に、二人の間を、まるで今のように蝶が舞う場面だった。

　偶然にも、その時カーステレオからは、二曲の音楽が流れていた。それは、シェミナード作『秋』と、エルガーの演奏するチェロの音色だった。両曲の美しさは説明するまでもないが、その音色を聞きながら、私は突然自分の瞳からこぼれおちる涙を止めることができなくなっていた。

　私は車の全ての窓を全開にして、不安定に車内をさまよう蝶が自由へと再び舞い戻ることを手伝った。蝶はひらひらとぎこちなく舞いながら、ついに飛び去って行った。その様子は、ずっと昔のニューイングランドでの出来事を私の記憶の中に再度呼び起こしたのだった。この些細で、しかし不思議な出来事は、私が一九八七年十一月に『千鶴』を書き上げた。それはちょうど十年の年月が過ぎた頃だった。

ドナルド・J・マンガス　M. D.

著者について

　形成外科医・復元外科医として、著者であるドナルド・マンガス氏は一九七三年から、アジア、南アメリカ、アフリカを旅して数えきれないほどの外科治療に資力を注いできた。自ら進んで、また医療チーム（Project Hope, Interplast, Orthopedics Overseas, Care-Medico, and the Medical Benevolent Foundation）や、医療慈善財団（The Medical Benevolent Foundation）の一員となって、マンガス氏は精力的に海外での医療に貢献してきた。

　韓国では重度の熱傷治療や火傷痕治療を施し、その功績が認められている。また、エチオピアの首都アジスアベバが内戦時エリトリア反乱軍に包囲された際には、現地に赴き陸軍病院やブラック・ライオン病院において負傷兵（手足に重症な怪我を負った者が多かったそうだ）の治療に尽くした。

　マンガス氏はその生涯を通じて、戦争の犠牲となり怪我や病気を負った多くの人々に対する治療を行ってきた。また、北カリフォルニア火傷センターの創始者であり院長として、その後も医療の現場から犠牲者に対する支援に取り組んできた。このような長年にわたる経験を通じて目の当たりにしてきた、暴力の犠牲者、理由なく深い悲しみを負った人々に対する思いが、マンガス氏が本著で語るテーマとなっている。

www.ingramcontent.com/pod-product-compliance
Lightning Source LLC
Chambersburg PA
CBHW071954170626
46813CB00005B/1874
9780615376127